Bianca

D1106131

OSCURO JUEGO DE SEDUCCIÓN

ELIZABETH POWER

⊕HARLEQUIN™

Editado por Harlequin Ibérica.
Una división de HarperCollins Ibérica, S.A.
Núñez de Balboa, 56
28001 Madrid

© 2012 Elizabeth Power
© 2016 Harlequin Ibérica, una división de HarperCollins Ibérica, S.A.
Oscuro juego de seducción, n.º 2453 - 23.3.16
Título original: Back in the Lion's Den
Publicada originalmente por Mills & Boon®, Ltd., Londres.

I.S.B.N.: 978-84-687-7605-7
Depósito legal: M-40597-2015
Impresión en CPI (Barcelona)
Fecha impresion para Argentina: 19.9.16
Distribuidor exclusivo para España: LOGISTA
Distribuidores para México: CODIPLYRSA y Despacho Flores
Distribuidores para Argentina: Interior, DGP, S.A. Alvarado 2118.
Cap. Fed./Buenos Aires y Gran Buenos Aires, VACCARO HNOS.

Capítulo 1

ANTES de llegar, ya se podía escuchar la música que provenía de la clase de fitness. Su ritmo marcado y fuerte resonaba por todo el pasillo.

A los lados, a través de las paredes de cristal, podía ver a los entusiastas clientes del centro deportivo ejercitando los músculos. Sabía que, vestido con un traje de chaqueta oscuro, desentonaba un poco. Dos mujeres que estaban jugando al squash pararon un momento y se le quedaron mirando.

Era un hombre alto y musculoso, de cabello moreno y lustroso, y estaba acostumbrado a llamar la atención del sexo opuesto. Normalmente, les hubiera dedicado un par de miradas a sus admiradoras, pero ese día, Conan Ryder tenía la mente en otro sitio.

Ignorándolas, continuó su camino con determinación, con los ojos verdes clavados en la puerta entreabierta de donde salía la música. Echó los hombros hacia atrás para intentar relajarse un poco, pues la adrenalina le corría por las venas como un torrente.

Luchando por mantener la compostura, apretó la mandíbula. ¡No podía consentir que nadie le hiciera sentir así! Y, menos, una mujer, en especial, una mujer como Sienna Ryder. Quería pedirle algo, eso era todo. Lo más probable era que ella se negara, por lo que una batalla verbal iba a ser inevitable para conseguir su propósito. Después, solo tenía que hacer los arreglos pertinentes y salir de allí.

–¡Muy bien, Charlene! ¡Deja que tus caderas se muevan! ¡Estupendo! ¡Dejad que fluya!

Conan oyó su voz por encima de la música mientras abría la puerta y respiró hondo para mantener la calma.

El vibrante ritmo seguía sonando cuando veinte pares de ojos se clavaron en el recién llegado. Sin embargo, él solo estaba interesado en la menuda mujer morena con unas mayas de tirantes de color rojo, que seguía dirigiendo la clase, de espaldas a él.

Tenía el pelo moreno y corto, con la nuca al descubierto, un toque masculino que solo añadía más atractivo a su feminidad. Su cuerpo exhibía las proporciones perfectas, ensalzadas por aquella ropa tan ajustada. Además, se fijó en algo nuevo que le había pasado desapercibido cuando se había casado con su hermano.

Cuando llegó detrás de ella, le recorrió la nuca con la mirada y se detuvo en la pequeña mariposa tatuada que llevaba en el hombro derecho. Una incómoda sensación de atracción lo invadió un momento, tanto que tuvo que aclararse la garganta para poder hablar.

–Siento interrumpir tu trabajo, pero no me ha quedado más remedio que venir a buscarte, ya que te muestras tan esquiva. ¿Cómo es posible ponerse en contacto contigo? ¿Con una paloma mensajera? –le espetó él, mientras su tono de voz delataba el resquemor de pasadas hostilidades–. ¿O quieres que intente hablarte por telepatía?

La mujer se dio la vuelta de golpe con los ojos azules muy abiertos.

–Hola, Conan –saludó ella con una sonrisa forzada y mirada de frío desapego–. Yo también me alegro de volver a verte –señaló con sarcasmo. Sin embargo, al instante, se puso pálida–. ¿Daisy? ¿Está bien?

Era obvio que se preocupaba por su hija, aunque no hubiera mostrado la misma consideración por su marido.

–¿Cómo voy a saberlo? –replicó él–. ¡No la veo desde hace casi tres años! –exclamó con honda censura.

Ella respiró aliviada, comprendiendo que no era posible que Conan supiera nada sobre el bienestar de su sobrina.

–Llevo días intentando hablar contigo, pero tu móvil no está disponible y, cada vez que te llamo a casa, no estás.

Sienna lo miró con perplejidad. Quizá, no había esperado que él conociera su dirección ni el teléfono de su casa.

–Hemos estado ocupadas –contestó ella, negándose a darle más explicaciones sobre su vida privada–. De todos modos, ¿por qué querías verme?

Tenso, Conan apretó la mandíbula, mientras sentía cómo las veinte mujeres que esperaban en la sala lo devoraban con la mirada, como si no hubieran visto a un hombre jamás en la vida.

–¿Podemos hablar en otra parte? –pidió él.

Sienna hizo una seña a sus alumnas para que continuaran y, luego, le hizo al visitante inesperado un gesto con la cabeza hacia la puerta abierta.

Cuando pasó delante de él, Conan captó la frescura de su piel, se fijó en el contoneo de sus esbeltas caderas y sus glúteos firmes embutidos en aquellos leotardos ajustados, su fina cintura, la cabeza alta y orgullosa como la de una bailarina.

–¿Qué quieres? –preguntó ella, girándose hacia él.

Conan Ryder estaba invadiendo su terreno y Sienna no pudo evitar ponerse a la defensiva. El medio hermano de su difunto marido estaba guapo y tan serio como lo recordaba. Era la imagen perfecta de un millonario.

Sin embargo, él tenía razón. Habían pasado tres años desde que ella había huido de Surrey a su pueblo natal a las afueras de Londres, cargada con un bebé de dieciocho meses, con el único objetivo de escapar a las crueles acusaciones que le habían hecho. Habían pasado tres años desde el trágico accidente de Niall que la había dejado viuda y a su hija, huérfana.

Por la actitud despreciativa de Conan, estaba claro que su opinión de ella no había cambiado. Allí, a solas con él, se sentía menos segura de sí misma y volvía a ser la joven dependiente que no había sabido cómo defenderse de sus acometidas verbales. No había sabido cómo explicar sus acciones, ni por qué había mentido. No había sabido cómo redimir su culpa sin tener que desnudarle su alma, por eso, se había ido.

–¿Por qué diablos querías verme? –inquirió ella de nuevo, en un murmullo, tratando de ignorar el amargo dolor que la invadía.

–A ti, no –repuso él con gesto impasible–. A Daisy. He venido para insistir en que Daisy vuelva conmigo.

¿Qué?, se dijo ella con el estómago encogido. «Haría cualquier cosa por mantener a Daisy lejos de ti», quiso decirle, presa del pánico. Sin embargo, hizo todo lo posible por ocultar su ansiedad.

–¿Contigo?

—Es la hija de mi hermano —le recordó él con anti-patía—. Tiene una abuela que quiere verla.

—También tiene una madre que no es lo bastante buena para ninguno de vosotros, ¿recuerdas? —le espetó ella, alzando la voz.

Conan clavó en ella sus ojos verdes. Tenía los rasgos fuertes y angulosos, una sombra de barba pintaba su mandíbula.

—Bien —dijo él, apretando los labios—. Sé que hemos tenido nuestras diferencias.

—¿Nuestras diferencias? —repitió ella, a punto de reírse en su cara—. ¿Así lo llamas tú? Me acusasteis de ser una mala madre y una esposa infiel.

—Sí, bueno... —repuso él.

A pesar de su mirada severa y desaprobadora, no parecía dispuesto a discutir sobre sus acusaciones.

—De todas maneras, eso no te da derecho a privar a Daisy de su familia.

—¡Tengo todo el derecho! —exclamó ella, levantando la cabeza, sonrojada. Se sentía en inferioridad de condiciones por ir vestida solo con unas mallas, ante la penetrante mirada de un hombre tan viril y poderoso—. Niall era toda la familia que mi hija tenía. ¡A Niall y a mí!

—Niall era mi hermano.

—Sí, bueno... ¡fue una pena que no lo recordaras cuando estuvo vivo!

Sienna había tocado un punto débil. Lo comprendió al ver cómo él apretaba la mandíbula y se le oscurecían los ojos. Quizá, se arrepentía de no haberle brindado ayuda económica a su hermano cuando se lo había pedido. Sin embargo, respondió con letal frialdad.

—¿Todavía quieres aguijonearme con eso?

Algo le advirtió a Sienna que era mejor no molestarlo más de lo necesario.

–No quiero hacer nada contigo, Conan Ryder.

Cuando él la recorrió con la mirada, deteniéndose un momento en sus pechos firmes y pequeños, Sienna se recordó a sí misma que era un hombre sin escrúpulos y que no le gustaba. Aun así, no pudo evitar sentir que le subía la temperatura.

–¿Acaso te lo he pedido alguna vez? –dijo él con tono burlón, remarcando el significado implícito de su pregunta.

No, no lo había hecho. Y ella nunca lo había visto más que como el hermano de su marido. Por supuesto, se había fijado en sus atributos durante los dos años que había estado casada con Niall. ¿Qué mujer podía haberlo ignorado? Era un hombre guapo, dinámico y muy rico. También era callado y misterioso, cruel e insensible. Se había fijado en él, sí, pero había amado a Niall. Lo había amado con una pasión que casi la había hecho enloquecer...

–Si lo recuerdo bien, no necesitaste mi ayuda para romper los votos de tu matrimonio –dijo él con frialdad–. Aunque estoy seguro de que habría podido tenerte solo con chasquear los dedos, incluso con tu amante en escena.

–¡No era mi amante! –gritó ella–. ¡Y te equivocas, como siempre, si crees que podría interesarme un tipo como tú! –añadió, invadida por los recuerdos de la última vez que se había enfrentado a él–. Para tu información...

Justo cuando iba a decirle que había amado a su hermano, la puerta de la clase de abrió y la música los envolvió.

Una joven salió, miró a Conan con una invitadora sonrisa y pasó delante de ellos para ir al cuarto de baño.

Para dejarla pasar, él tuvo que dar un paso hacia su interlocutora. De pronto, ella se quedó sin aire y se sintió desnuda con ese atuendo tan ligero.

Desde tan corta distancia, Sienna podía percibir la fragancia a limón de su colonia. Estaba vestido con un traje impecable que realzaba su aura de poder. Probablemente, acabara de tener una reunión de negocios con algún magnate multimillonario como él, caviló y dio un paso atrás, aturdida por su cercanía.

Su visitante inesperado arqueó una ceja, pero no hizo ningún comentario.

—Mi madre necesita ver a Daisy –prosiguió él, cuando la puerta del cuarto de baño se cerró en el pasillo–. Y yo –añadió con gesto sombrío–. Mi madre no se encuentra muy bien últimamente... –señaló, aunque se interrumpió de golpe. No quería compartir con Sienna lo preocupado que estaba por Avril Ryder. No quería suplicar–. Y creo que le sentaría bien una visita de su única nieta. No la ha visto desde hace tres años. Igual que ninguno de nosotros.

—¿Y crees que puedes venir aquí y llevarte a Daisy sin más? ¿Crees que voy a consentirlo? –replicó ella, conteniendo su pánico–. Ella no te conoce, Conan.

—¿Y quién tiene la culpa de eso?

—No te conoce –reiteró Sienna, ignorando su comentario censurador.

—¡Soy su tío, por todos los santos! Aunque tú no le has dejado conocerme. No nos has enviado fotos, ni has contactado con nosotros. ¿Sabes lo que ha sufrido Avril? ¡Es su abuela! ¿Crees que no tuvo bastante con perder a Niall?

–Me obligasteis a irme –se defendió ella–. Y parece que olvidas que... yo también perdí algo –comentó con los ojos cargados de dolor–. Perdí a mi marido. Y tuve que enfrentarme a vuestras horribles acusaciones. ¿No crees que ya me sentía lo bastante culpable por lo que le pasó? Todo el mundo me hizo responsable de que se diera al juego y a la bebida. Sé lo que pensabais de mí. A cada oportunidad, me dejabais claro que pensabais que Niall se había casado con alguien que no estaba a su altura.

–Yo nunca dije eso.

–¡No hacía falta! Lo demostrabas con cada crítica por todo lo que yo hacía o decía. ¡Tu madre no pudo ocultar su desaprobación porque Niall se casara con una camarera! Me crucificasteis de antemano, ¿verdad? Estabais decididos a hacerme la vida imposible desde el principio.

–Yo no soy responsable de lo que pensara mi madre. En cuanto a mí, solo me dejé llevar por lo que vi con mis propios ojos.

–¿Y qué viste? Además de mi supuesta infidelidad, claro.

El gesto condenatorio y cruel de Conan le daba el aspecto de un guerrero celta de otros tiempos.

–Lo sabes muy bien. Niall no sabía administrar el dinero. Vivía por encima de sus posibilidades y tú lo animabas a hacerlo.

Sienna había ignorado cuál había sido la situación de su marido. Había sido demasiado joven para reconocer los síntomas, su irritabilidad, su afición por la bebida, sus cambios de humor.

–Le has chupado la sangre hasta dejarlo seco –recordó ella con amargura–. Esas fueron las palabras que usaste conmigo, ¿verdad?

Conan no lo negó. No podía. No era la clase de hombre que se excusara con mentiras o subterfugios, como ella había hecho.

–No puedo hablar de esto ahora –señaló Sienna, mientras terminaba el último tema del disco que había dejado puesto en su clase–. Tengo que volver al trabajo –indicó y se dio media vuelta, deseando zanjar cuanto antes aquella reunión.

–Harás lo que te pido, Sienna.

Ella se giró de golpe, mirándolo con gesto desafiante.

–¿No me digas? ¿Y qué vas a hacer para obligarme? ¿Inventarás una historia sobre lo mala madre que soy y pedirás una orden judicial para que me quiten a mi hija, como me amenazaste una vez? –le espetó ella. Sin embargo, por dentro, se apoderó de ella el pánico. Si él quería, podía intentar usar su poder y su influencia para robarle a su hija.

–No he venido aquí para eso.

–No. Pretendes que te entregue a la niña sin rechistar. Pues lo siento, Conan, pero mi respuesta es no. Daisy no irá a ningún sitio sin mí. Y te aseguro que yo no voy a volver a la boca del lobo, ¡gracias!

–Creo que sí lo harás, Sienna.

–¿Y por qué estás tan seguro?

–Si tienes algo de moral, lo harás, preciosa.

–¿Como la tienes tú? –le espetó ella y levantó la barbilla, ignorando el tono paternalista de él. Acto seguido, se refugió en su clase.

Después de asegurarse de que Daisy estaba dormida, Sienna le dio un beso en la mejilla y apagó la luz de la mesilla de noche.

La pequeña tenía el pelo castaño y rizado, como su padre, pensó, mientras la arropaba.

A continuación, bajó y abrió la puerta para dejar pasar al perro, le llenó su plato de comida y comenzó a planchar la ropa. Eran rutinas habituales de cada día, aunque esa noche, le costaba recuperar la sensación de normalidad.

Haber visto a Conan de nuevo le había hecho revivir toda su infelicidad del pasado, le había obligado a reabrir heridas que había creído curadas.

Había tenido solo veinte años cuando había conocido a Niall.

Sus padres habían vendido su casa en Inglaterra para irse a vivir al extranjero, mientras Sienna había decidido quedarse sola en su país de origen. A sus padres les gustaba el sol y el mar y ella se había alegrado por ellos.

La primera vez que había visto a Niall, había sido en su trabajo de recepcionista en el gimnasio local. Él había ido a entrenar a diario. También se lo había encontrado a menudo en el bar donde, de vez en cuando, había echado unas horas extra como camarera. Enseguida, se había sentido atraída por su sentido del humor. Niall había sido ingenioso y encantador y, antes de que ella hubiera podido darse cuenta, se había enamorado de los pies a la cabeza.

Los padres de Sienna habían regresado a Inglaterra para la boda, una breve ceremonia civil después de un apasionado y fugaz noviazgo. Faith y Barry Swann y la madre de Niall, viuda, eran polos opuestos. Aunque había intentando mostrarse amistosa, había sido obvio que Avril Ryder no había aceptado a sus consuegros.

También, desde el principio, Sienna había comprendido que su suegra había pensado que había atrapado a Niall con un embarazo premeditado. Aunque ella le había demostrado su error cuando Daisy había llegado exactamente un año después de la boda.

Conan había interrumpido una importante reunión de negocios en Europa para asistir a la ceremonia y el frío beso que le había dado en la mejilla para felicitarle le había resultado a Sienna tan forzado como incómodo.

Sin embargo, Niall había mirado a su hermano mayor siempre con admiración. Y Sienna entendía por qué. Conan Ryder, a sus treinta y tres años, era la viva imagen del éxito. Dinámico, rico, sofisticado. Cuando lo había conocido, ella había comprendido a quién había intentado emular Niall, en su forma de hablar, en su imagen, incluso en el aire de compostura glacial que Conan emanaba.

Niall había trabajado como ejecutivo de ventas en la sede central de Conan, después de haber abandonado sus estudios universitarios y haber roto los sueños de su madre de convertirse en abogado, como su padre. Aun así, había sido bueno en su trabajo y había disfrutado derrochando su generosidad con su mujer, desde las ropas que le regalaba a todos los lujos posibles para su moderna casa de cuatro dormitorios, un chalet que había comprado a pocos kilómetros de la mansión de Surrey de Conan.

Lo malo había sido su afición por el juego, recordó con amargura, mientras planchaba por tercera vez una blusita de Daisy. Esa búsqueda atolondrada de emociones nuevas había sido lo que le había matado en una fiesta en Copenhague, donde todo había ido de la peor manera posible...

Atenazada por el dolor, Sienna se forzó a respirar, tratando de sofocar la angustia.

En vida, Niall siempre había estado compitiendo con su hermano mayor. Sin embargo, había carecido de la concentración de Conan... y de su frialdad. Porque, cuando Niall había entrado en bancarrota y le había pedido ayuda financiera a su hermano, solo un par de semanas antes de morir, Conan se la había negado. Niall había quedado destrozado. Entonces, le había confesado a Sienna que habían estado viviendo muy por encima de sus posibilidades y que debían una fortuna. ¡Ella había sido demasiado joven e ingenua para darse cuenta!

Tanto Conan como su suegra la habían culpado de los derroches de su marido y de las preocupaciones que le había causado. Y la habían hecho responsable de que se hubiera volcado en la bebida y de su fatal accidente.

–¡No fue culpa mía! –le había dicho Sienna a Conan el último día antes de irse, solo una semana después del funeral de Niall, agonizante de dolor. Al mismo tiempo, se había reprochado a sí misma por no haber escuchado a su instinto cuando había intuido que los regalos y los gastos de su marido habían sido demasiado extravagantes–. ¡Si tú lo hubieras ayudado cuando te lo pidió, tal vez, no se habría emborrachado tanto como para perder el sentido! –le había acusado con amargura.

En aquel momento, Sienna había querido llorar, derrumbarse, aliviar el dolor que le había atenazado el pecho. Pero, allí parada, en el suntuoso estudio de la casa señorial de Conan Ryder, donde había ido a dejar todas las posesiones de Niall, las lágrimas no habían podido fluir. La había invadido un aturdimiento y un vacío que su cuñado había confundido con indiferencia y desapego. Algo que no había hecho más que cimentar su opinión sobre ella y la sospecha de que le había sido infiel a su marido.

—Mi hermano tenía problemas y tú no lo sabías. Estabas demasiado ocupada en gastar dinero y en tu... amante.

—¡Claro que me di cuenta de que tenía problemas! —había gritado ella.

—Y no lo ayudaste.

—¡Era su mujer, no su enfermera! —había exclamado ella, dándose cuenta demasiado tarde de lo frío y brutal que había sonado su comentario. Solo había querido defenderse. Habría deseado poder gritarle a Niall por haberla dejado sola para enfrentarse a su familia sola. Estaba dolida, enfadada, se sentía culpable...

—Mi madre está preocupada porque no cree que seas lo bastante madura y responsable para cuidar de un niño. Y yo estoy de acuerdo con ella. Quiero que la hija de mi hermano crezca como una Ryder, bajo el techo de su familia. Y no en la casa de otro hombre, llevando el apellido de otro hombre.

—Ella crecerá como yo lo crea apropiado —había asegurado Sienna, ofendida por las acusaciones de su suegra. Aunque Avril Ryder nunca se había molestado en disimular su desaprobación hacia ella. De ninguna manera, sin embargo, pensaba cambiarle el apellido a su hija, ni siquiera si terminaba viviendo con otra pareja en el futuro—. Tú no eres su padre, Conan.

—No —había respondido él, apretando los labios—. Por suerte, no me encuentro entre los muchos que han disfrutado de tus encantos.

Sienna había apretado los puños para no abofetearlo. Las cosas ya habían llegado demasiado lejos.

–No tengo por qué escuchar tus insultos –había señalado ella en voz baja–. Pero, si lo que quieres es hacerme sentir miserable, adelante. Nunca me creíste lo bastante buena, ¿verdad? Ninguno de vosotros –había añadido con tono acusador–. ¿Es por eso mismo por lo que Niall echó su vida a perder? ¿Porque no se sentía lo bastante bueno? ¿Porque estaba eclipsado por su inteligente y poderoso hermano mayor?

–No sabes de qué estás hablado –había replicado Conan, lívido de furia.

–¿Ah, no? –había continuado ella, incapaz de detenerse. Necesitaba hacer algo para aliviar el peso de las confusas emociones que la invadían–. Sé que no hiciste nada para ayudarlo y que, cuando acudió a ti, le negaste tu apoyo económico. ¡Pero no te preocupes! Nos iremos mañana. ¡No tendrás que soportar que ensucie el prestigioso pedigrí de tu familia ni un día más!

–Si te llevas a Daisy, tendrás que responder ante mí. ¿Te queda claro?

–¡Clarísimo! ¿Qué piensas hacer? –le había retado ella–. ¿Pedir su custodia?

–Si es necesario, sí.

–¿En qué te basarías? –había preguntado ella, de pronto, asustada–. ¿En que soy una mala madre? –había inquirido, recordando con dolor las desafortunadas circunstancias que le habían ganado esa etiqueta.

–Si lo considero necesario, no dudes que lucharé en los tribunales para que me nombren tutor de Daisy.

La amenaza de Conan Ryder había logrado despertar el terror en el corazón de Sienna.

Era un hombre poderoso y rico y podía conseguir lo que se propusiera.

–Bueno, tal vez, debería casarme con mi novio –le había espetado ella con desesperación–. ¡Así no podrías hacer nada! ¡Mantente alejado de mí, Conan!

Sienna había salido de la mansión familiar sin mirar atrás. Se había mudado a una pequeña casa lejos de allí, que había podido comprar con un préstamo gracias a lo que había sobrado después de vender el chalet que había compartido con Niall y pagar las deudas.

Pero Conan había vuelto de nuevo, con las mismas acusaciones de siempre. Tres años no habían servido más que para reafirmar su fuerza de carácter, su riqueza, su poder. Y su insuperable físico masculino.

Era un hombre acostumbrado a alcanzar sus objetivos. Y lo que quería de ella era recuperar a Daisy...

Cuando sonó el timbre de la puerta, a Sienna casi se le cayó la plancha de las manos.

Capítulo 2

SOMBRA, que se llamaba así porque tenía una mancha oscura en un lado de la cabeza y una oreja, ladraba como loco ante la puerta principal.

–¡Conan! –exclamó Sienna sorprendida aunque, de alguna manera, había intuido que él iría a verla.

El perro le saltó encima con entusiasmo, sin importarle su impecable traje de chaqueta, mientras Conan permanecía inmóvil con rostro pétreo y severo.

–Lo siento. No suele ser así –se excusó Sienna, agarrando al perro de su collar. De hecho, después de haber sido entrenado en una escuela para canes, Sombra siempre había destacado por sus buenos modales. Sin embargo, al ver a un hombre como Conan Ryder, hasta un perro olvidaba su educación, se dijo, malhumorada.

–¿Puedo entrar?

Tensa, ella se hizo a un lado para dejarle paso.

De inmediato las paredes del pasillo se le hicieron demasiado estrechas y dio otro paso atrás, soltando a su mascota. Sombra olisqueó un segundo más los zapatos de diseño del recién llegado y regresó a tumbarse en el salón.

–¿Qué significa esto, Conan? –preguntó ella, poniéndose en jarras–. Si es por Daisy, has perdido el tiempo. Creo que te dejé bien clara mi postura esta tarde.

Durante un instante, algo brilló en los ojos de él. ¿Rabia? ¿Arrepentimiento? Sienna no estaba segura. Sin embargo, Conan mantuvo la expresión velada, con ese magistral dominio emocional que ella tanto envidiaba.

–Hoy ha terminado un poco mal nuestra conversación. Pensé que era mejor rectificar las cosas –indicó él y, con un elegante movimiento de la cabeza, señaló hacia la puerta abierta del salón.

Con el estómago encogido, Sienna titubeó un momento. Podía enfrentarse a la hostilidad de Conan Ryder, pero cuando se mostraba encantador, la hacía sentir por completo fuera de juego.

–Es mejor que pases –invitó ella, nerviosa, y se encaminó por el pasillo delante de él.

Cuando lo condujo al pequeño salón, se dio cuenta cómo él escrutaba su gastado mobiliario con mirada de desaprobación.

–Siéntate –indicó ella, mirando a su alrededor en la habitación desordenada–. Si encuentras dónde –añadió y corrió a quitar la ropa para planchar de una de las sillas y los juguetes esparcidos en los sillones.

Ignorándola, Conan seguía observando los viejos muebles, una mesa y sillas de madera, unas estanterías llenas de libros, un modesto equipo de música y la televisión.

–¿Es así como vives? –preguntó él con tono de censura.

Sienna le lanzó una mirada llena de resentimiento, con un montón de ropa planchada entre las manos.

–¿Qué quieres decir?

–Un poco distinto a lo que estabas acostumbrada –comentó él con sarcasmo.

–¡Al menos, está todo pagado! –se defendió ella, volviendo a sentirse como la joven que había aceptado todos los lujos que su marido le había ofrecido sin cuestionarse nada... y se había encontrado, de pronto, viuda, rodeada de deudas y con una niña a quien mantener.

–¿Con qué? –inquirió él, posando los ojos en el perro, que lo miraba con desconfianza desde su cojín en el suelo–. No puedes ganar mucho con ese trabajo que tienes en el gimnasio.

–¿Y a ti qué te importa? –replicó ella. Le hubiera gustado mostrarse más cortés, pero no pudo soportar las críticas de su hogar y de su forma de ganarse la vida, cuando trabajaba tanto para poder pagar lo que su hija y ella necesitaban.

–Mucho. Creo que mi sobrina está siendo privada de las necesidades básicas, cuando podría beneficiarse de la ayuda de su familia. Y que su madre es demasiado orgullosa... o egoísta como para tenerlo en cuenta.

Sienna se puso furiosa. Sobre todo, porque, a menudo, sufría porque no podía ofrecerle a Daisy cosas que sus amiguitos disfrutaban, como castillos hinchables el día de su cumpleaños, ropas bonitas, tener un coche que no se rompiera cada cinco minutos. O un padre que no se hubiera muerto...

–Puede que pienses que soy orgullosa y egoísta y, tal vez, lo sea –repuso ella, mirándolo a los ojos con gesto desafiante–. Pero lo te dije hace tres años, cuando tan amablemente me ofreciste apoyo económico... Sigo pensando lo mismo.

El aire entre ellos vibraba de animosidad. Conan

podía percibirlo en lo más hondo de su ser, igual que
la oscura acusación que lo torturaba en su inconsciente como un angustioso fantasma.

–¡No quisiste ayudarnos cuando Niall estaba vivo!
¡Ahora podemos sobrevivir sin ti! –le había gritado
Sienna hacía tres años.

–¿Aunque Daisy sufra por ello? –preguntó él tras
un largo silencio poblado de tensión.

–No sufrirá –contestó Sienna, con más seguridad
de la que sentía.

–Entonces, al menos, deja que vea a su abuela. Debes dejar que tu hija tenga una familia. Es tu deber.

–¿Mi deber? –repitió ella, a punto de reírse en su
cara. ¿Qué derecho tenía él a hablarle de cuál era su deber, cuando nunca se había preocupado por su hermano
cuando había estado vivo? Le había dado la espalda a
Niall cuando más lo había necesitado–. Él nunca te pidió nada –le acusó, llenándose de amargura por el recuerdo–. Y, cuando lo hizo... –continuó, interrumpiéndose para tragar saliva–. Te admiraba y te necesitaba.
Estaba desesperado. Y tú no quisiste saber nada.

–¿Crees que fui yo quien lo mató? ¿Fue culpa mia
que bebiera tanto como para perder el equilibrio en ese
puente, cuando aceptó la ridícula apuesta de sus amigos de caminar por la barandilla? ¿No es eso lo que me
dijiste?

La voz de Conan delataba una honda emoción.
¿Acaso había querido a su hermano después de todo?,
se preguntó ella. ¿O era su sentido de culpabilidad lo
que oscurecía sus ojos verdes?

–No sabía lo que decía –se justificó ella, tratando
de enmendar sus duras acusaciones–. Como te he dicho antes, acababa de perder a mi marido.

–Y yo había perdido a mi hermano.

Al parecer, sus palabras lo habían herido más de lo que Sienna había adivinado al principio. Podía intuirlo por la emoción que impregnaba su voz.

Durante un momento, se quedaron mirándose en silencio, como combatientes de guerra. Sienna tenía las mejillas sonrojadas y los ojos brillantes. El rostro aceitunado de Conan también estaba enrojecido por la furia.

Parecía un guerrero celta, se dijo ella, con su cabello denso y moreno y su fuerte estructura ósea. Era orgulloso y autosuficiente. Y le rodeaba una inconfundible aura de poder y liderazgo. Los dos hermanos habían sido guapos, pero la fuerza de sus antepasados irlandeses latía en Conan como un fuego inextinguible.

–Mi madre no se encuentra bien –continuó él en voz baja–. Se encuentra muy mal –añadió. De hecho, los médicos le habían dicho que Avril Ryder no parecía tener fuerza de voluntad para recuperarse–. La he llevado a vivir conmigo en Francia. Necesita animarse y su mayor deseo es ver a su única nieta. Tú vendrás con Daisy, por supuesto, y como se acerca el verano, os quedaréis a pasar las vacaciones en mi villa de la Costa Azul.

Sienna quería negarse, pero no fue capaz. Si los Ryder querían mitigar el peso de su conciencia pasando tiempo con Daisy, podían irse al diablo. Pero, por la expresión de Conan, tal vez, su madre estaba demasiado enferma. ¿Sería la última oportunidad de Daisy de ver a su abuela?, se preguntó con reticencia. No podía negarle a su hija eso. Si Avril Ryder estaba al borde de la muerte...

Era cierto que se acercaban las vacaciones. Se acabarían las clases en el colegio de Daisy y terminarían también los cursos en el gimnasio, admitió para sus adentros. Además, nunca podría permitirse viajar con su estrecho presupuesto. Pero, si se rendía a sus deseos y aceptaba su petición... ¡de ninguna manera iba a dejar que su hija fuera a ninguna parte sin ella!

—No... puedo tomarte tanto tiempo libre —balbuceó ella al fin. Su orgullo no le permitía que Conan supiera lo corta que andaba de presupuesto y lo mucho que le costaba salir adelante con tan poco trabajo—. Lo haría, si pudiera, pero no puedo.

Conan la recorrió con la mirada con gesto reflexivo.

Por supuesto, él había imaginado que esgrimiría la excusa del trabajo para no aceptar. Pero las mujeres como ella podían comprarse... con dinero.

—Tener una esposa no es barato, hermano, como tú mismo averiguarás algún día —le había dicho Niall en una ocasión, cuando Conan le había advertido sobre sus gastos exagerados.

—Te pagaré lo mismo que ganarías si trabajaras. O el tripe —aseguró él con frialdad.

—Muy generoso por tu parte —repuso ella con una falsa sonrisa—. Pero no puedo arriesgarme a que contraten a otra persona en mi lugar cuando no estoy.

—Me ocuparé de eso también.

Claro. Conan Ryder podía conseguir cualquier cosa que quisiera. Chasqueaba los dedos y los simples mortales obedecían. ¡Qué tonta había sido por no pensarlo antes!

—Entonces, ¿aceptas? —insistió él.

Sienna no respondió. Decidió esperar para decirle que, si aceptaba, no tomaría ni un solo céntimo de su precioso dinero. Giró al cabeza hacia Sombra, que estaba gruñendo y peleándose con el cojín donde dormía.

–¿Tiene algún problema tu perro? –preguntó él con los labios torcidos.

–¡No! –dijo ella, exasperada por su presencia y, sobre todo, porque no podía dejar de mirarle los labios–. ¿Es que no te gustan los perros?

–Me dan igual –contestó él, encogiéndose de hombros–. Pero no compartiría mi hogar con uno.

–Bueno –dijo ella con alivio–. Pues si quieres que Daisy y yo vayamos contigo durante el verano, me temo que vas a tener que llevarnos a todos.

–Me habías dicho que Conan nunca tenía tiempo para su hermano –comentó Faith Swann cuando Sienna llamó a sus padres para contarles adónde iba y por qué–. Dijiste que no quería a Niall y que su madre siempre te hacía sentir inferior y te criticaba por cómo criabas a mi nieta.

Faith era muy protectora con sus seres queridos y se pasaba la vida intentando convencer a Sienna para que se mudaran a España con ellos.

–Así es –contestó ella y suspiró–. Pero también son familia de Daisy. Y, por muy mal que nos trataran a mí o a Niall, su madre está enferma y tengo que ir.

–Supongo que ese Conan puede ser muy persuasivo –señaló su madre–. Solo lo he visto en persona una vez, en la boda. Pero acabo de ver una foto suya en una revista. Es muy guapo, ¿verdad? Seguro que tiene mucho gancho con las mujeres. Eso sí, en la foto tenía cara de pocos amigos –añadió con una risita–.

Igual es porque lo sorprendieron con su última conquista. ¿Conoces ese programa del corazón que presenta una tal Petra?

—Petra Flax —puntualizó Sienna, refiriéndose a la bella presentadora de televisión.

—¡Ya verás cuando les diga a mis amigas del club de golf que mi hija va a codearse con Conan Ryder!

—¡Mamá! —exclamó ella—. Por favor, te agradecería que no lo hicieras.

—No seas tonta —replicó Faith, que ya se había hecho a la idea de que su hija pasara un tiempo con su familia política—. Estoy orgullosa de que tuvieras tan buen gusto al haberte casado con un hombre de tan buena familia. Tú también deberías estarlo.

—Sí, mamá —dijo Sienna con un suspiro de resignación. La manía que tenía su madre de hablar de esa manera de la gente rica era una de las cosas que había distanciado a sus padres de Avril Ryder en la única ocasión en que se habían visto.

—No te lo tomes a mal. Tu madre tiene buena intención —señaló Barry Swann cuando le tocó su turno al teléfono—. Sé que siempre te ha gustado ser discreta con tus cosas pero, recuerda que estamos aquí, si nos necesitas. Para lo que sea.

Aquel sencillo ofrecimiento de su padre hizo que a Sienna se le humedecieran los ojos.

Nunca había molestado a sus padres contándoles por qué se había apartado de la familia de Niall, ni les había contado las terribles acusaciones de Conan. Si lo hubiera hecho, su padre habría ido a darle su merecido a ese tipo, pensó con una triste sonrisa. Aunque nadie tenía muchas posibilidades de ganar en una pelea con Conan Ryder...

De todas maneras, ¿qué podía haberles dicho? Al fin y al cabo, Conan había tenido razón. La mañana en que había ido a buscarla para decirle que su marido había muerto, la había encontrado en el piso de otro hombre, donde había pasado la noche.

Sienna se estremeció por todo el dolor y la rabia que provocaría si les contara la verdad a sus padres. No podía hacerlo. ¡Nunca lo haría!, se dijo con los dientes apretados.

—Gracias, papá —murmuró ella y colgó.

—¿Quién es ese tipo con quien vas a pasar el verano? —preguntó Jodie Fisher, cuando Sienna se reunió con ella en su porche, poco antes de la hora en que habían quedado con Conan.

—Es mi cuñado. Y no voy a pasar el verano con él —le aclaró Sienna, queriendo dejarle claro a su vecina que no se trataba de ningún nuevo romance—. Bueno, sí, pero no es como tú crees. Mi suegra está enferma —indicó con el estómago un poco encogido al pensar cómo la recibiría Avril. De todas formas, no le comentó nada de eso a Jodie. Aunque era una buena amiga, sus desavenencias con su familia política eran demasiado privadas.

—¿No me estarás mintiendo? —inquirió Jodie y, de pronto, algo llamó su atención detrás de Sienna—. ¡Vaya! ¿No es eso un BMW? ¿Es ese? ¡No me digas! Está aparcando. ¡Es él! ¡No sabes lo que daría yo por tener un cuñado tan guapo!

Jodie estaba claramente impresionada. ¿Por qué todas las mujeres que posaban los ojos en él quedaban rendidas a sus pies?, se preguntó Sienna de mal humor, mirando por encima del hombro. Por desgracia, incluso ella no podía reprimir una extraña sensación en el estómago ante el magnetismo de aquel hombre orgulloso y prepotente.

–No es lo que tú crees, Jodie –insistió Sienna–. Piensas que para ser feliz hay que tener pareja y no es así.

–¡No me vengas con esas! Eres demasiado joven para resignarte a estar sola y no puedes seguir viviendo del pasado.

–Bueno, tal vez, pero necesito tiempo para adaptarme a mi nueva vida –admitió ella. Lo último que quería era incluir a un hombre en la película–. Por nada del mundo querría tener nada con el hermano de Niall. Es demasiado arrogante y soberbio como para que me fije en él y... –explicó, interrumpiéndose de golpe al ver la cara rara que ponía su amiga–. ¿Qué te pasa en la boca?

Pero, como Jodie no respondía, continuó.

–Es demasiado rico, tiene el corazón congelado y no tiene ni pizca de sensibilidad. No me acostaría con Conan Ryder ni aunque fuera el último hombre en... ¿Qué pasa?

A Jodie iban a saltársele los ojos de las órbitas. Antes de que Sienna pudiera adivinar lo que su amiga trataba de decirle, percibió la inconfundible cercanía de Conan Ryder. Y su profunda voz susurrándole en el oído.

–No te preocupes. No tendrás que hacerlo. Tenemos suficientes habitaciones en mi casa como para no compartir cuarto con los invitados.

Sus frías palabras contrastaban con la calidez de su aliento en el oído, una caricia involuntaria que hizo que a Sienna le recorriera un escalofrío. ¿O no había sido involuntario?, se preguntó ella con el pulso acelerado. Conan era capaz de recurrir a cualquier truco con tal de ponerla nerviosa.

Llevada por sus buenos modales, Sienna iba a presentarle a Jodie cuando su amiga se le adelantó y le tendió la mano al recién llegado.

–Soy Jodie Fisher –dijo Jodie con una amplia sonrisa, un poco sonrojada, mientras lo devoraba con la mirada.

Incluso una mujer felizmente casada y embarazada como su amiga no era inmune a sus encantos, se dijo Sienna de mal humor.

–El placer es todo mío, Jodie –contestó él con tono embaucador y una reluciente sonrisa.

Jamás, desde que lo había conocido, Conan le había dedicado una sonrisa así, observó Sienna para sus adentros, sin poder evitar sentirse decepcionada.

–Bueno, volveré a mis tareas –indicó Jodie, señalando la casa de al lado, recién pintada–. Que lo paséis muy bien –añadió con un pícaro guiño.

–Es mejor que entres –invitó Sienna, decidida a no permitir que la pusiera nerviosa–. Ya casi estamos preparadas.

Daisy estaba sentada ante una mesita baja jugando con plastilina, mientras charlaba con el perro animadamente. El animal tenía las orejas levantadas, como si estuviera escuchándola con mucho interés.

–¿No te da miedo dejar a una niña de cuatro años sola con ese animal? –preguntó Conan con desaprobación.

–No. ¿Por qué? –replicó ella–. Sombra la protege y nunca le haría daño. Ese animal, como tú lo llamas, es manso como un corderito –aseguró, mordiéndose la lengua para no mandarle al diablo por atreverse a criticarla–. ¡Ven, cariño! –llamó a su hija–. Quiero que conozcas a alguien.

La pequeña tomó su hipopótamo rosa de juguete de la mesa y corrió hacia ellos.

–¿Te acuerdas... del señor Ryder? –dijo Sienna tras una breve pausa. Por alguna razón, le costaba demasiado llamarlo tío Conan.

Le pequeña lo observó con atención un momento.

–¿Eres mi papá?

A Sienna se le encogió el corazón.

Daisy no había conocido a Niall... al menos, no lo recordaba. No era tan raro que imaginara que podía ser Conan.

Conan se agachó para ponerse a su altura, contemplando embelesado a la pequeña, que también lo miraba con interés.

¡Era igual que Niall a su edad!, se dijo él, conteniendo la respiración. Tenía el brillo de su pelo, su cuerpecito delgado y el ceño fruncido con extrañeza al mirar al mundo que la rodeaba... en ese caso, a él.

Aturdido por el sentimiento que lo invadió, Conan tardó unos segundos en reaccionar.

–No, Daisy, no soy tu papá –murmuró él al fin.

Sienna creyó percibir una brizna de emoción en la voz de su cuñado. Se fijó en sus manos fuertes y bronceadas mientras él sujetaba con suavidad el brazo de la niña. Por primera vez, ella se dio cuenta del dolor que, tal vez, había causado a la familia de Niall al separarlos de Daisy. Incómoda, trató de no darle demasiadas vueltas.

–Es el hermano de tu papá. Tu tío Conan. ¿Te acuerdas que te dije que nos íbamos de vacaciones?

La niña asintió.

–Ha venido a llevarnos con él para que veas a tu abuela.

Daisy giró la cabeza de inmediato hacia el perro, que en esa ocasión no se había acercado al antipático extraño, sino más bien mantenía las distancias.

–¿Y Sombra?

–Y Sombra –repuso Sienna con tono firme, levantando la barbilla con gesto desafiante hacia Conan. Si no le gustaba su perro, peor para él. Si tenía suerte, igual Sombra le llenaría su magnífico coche de babas y pelos.

–¿Y mi hipopótamo? ¿Puedo llevarlo también?

–Claro que sí –contestó su madre con dulzura. Al mirar de reojo a Conan, se preguntó qué estaría él pensando mientras posaba la mirada pensativa en su sobrina y en el viejo juguete que llevaba.

¿Acaso se acordaba de que había sido él quien se lo había regalado a Daisy en su primer cumpleaños? Además, les había regalado una cara botella de champán a Niall y a ella por su segundo aniversario de boda, que celebraban el mismo día. Niall había llamado pocos minutos antes para disculparse porque no iba a llegar a tiempo para el cumpleaños de Daisy y ni siquiera había mencionado su aniversario. Ella se había sentido dolida. Y confundida porque Conan hubiera recordado la fecha emblemática mejor que su propio marido. Aunque Niall había tenido muchas cosas en la cabeza y había estado trabajando mucho para ella y su hija. Luego, al llegar a casa a medianoche y ver la botella de champán, se había disculpado por haberlo olvidado. Al día siguiente, había intentado compensarla comprándole flores y bombones y le había prometido no olvidar su aniversario nunca más...

Luchando por no dejarse llevar por la emoción del recuerdo, Sienna observó cómo Conan apretaba los labios y meneaba la cabeza, como si efectivamente reconociera el juguete. Pero, acto seguido, soltó a la pequeña y se puso en pie.

–Bien. ¿Podemos irnos ya? –preguntó él con total frialdad y desapego.

Capítulo 3

EL VIAJE había sido cómodo y agradable, gracias al jet privado y al lujoso coche que había ido a buscarlos al aeropuerto. Durante el vuelo, un discreto equipo de azafatas había atendido todas sus necesidades, mientras Conan se había ocupado en trabajar en su portátil en un compartimento separado del avión. Hasta Sombra había dormido casi todo el trayecto, ignorando el hecho de que lo llevaran a miles de pies de altura sobre el vasto océano.

El coche los condujo por la costa, por una carretera que bordeaba el mar reluciente bajo el sol.

Era otro mundo, pensó Sienna, mirando los pinos que formaban el paisaje y las mansiones repartidas por el terreno, protegidas todas con altos muros. Era un mundo que no tenía nada que ver con lo que ella conocía.

Cuando atravesaron unas grandes puertas mecánicas y entraron en la enorme finca de Conan, contuvo un grito sofocado de admiración. Una impresionante casa blanca con tejado de teja roja dominaba el jardín. Tenía varios pisos, balcones llenos de flores y ventanas de cuerpo entero que daban a la costa rocosa.

Conan estaba sentado junto al chófer, charlando con él en un fluido francés, y no les había dirigido apenas la palabra desde que habían salido del aeropuerto.

Contemplando su imponente perfil con la misma admiración con que habría observado una estatua de mármol, Sienna decidió no dejar jamás que él supiera lo mucho que la abrumaban su riqueza, su impresionante casa... o él.

Sin embargo, la pequeña Daisy no tenía esos reparos.

—¿Es aquí donde vamos a vivir? —inquirió la niña, acercándose a Conan con excitación.

—Sí, Daisy —contestó él con firmeza.

—¿Para siempre?

Ignorando la mirada interrogativa de Sienna, Conan rio. Y a ella su risa le resultó amenazadora.

—Creo que algún día te cansarías de un sitio tan bonito.

—No —negó la niña con seguridad—. ¿Tú vas a vivir con nosotras? —quiso saber, entusiasmada

Sienna apretó la mandíbula ante su pregunta inocente. Como si adivinara su incomodidad, Conan le lanzó una mirada burlona.

—Son solo unas vacaciones, Daisy. Unas pocas semanas, eso es todo.

Justo cuando Conan parecía a punto de añadir algo más, lo interrumpieron dos criados para tomar sus maletas y dejaron salir a Sombra del maletero.

Sienna salió del coche antes de que Conan tuviera tiempo de abrirle la puerta y le dio la mano a su hija para que no saliera corriendo. O, tal vez, necesitaba el apoyo inconsciente de su pequeña, reconoció para sus adentros, nerviosa al encontrarse en territorio enemigo.

Sin embargo, Daisy protestó y la soltó. Resentida, Sienna la vio correr hacia su tío para darle la mano a él.

Aquel movimiento inesperado tomó a Conan por sorpresa. Tenso, miró a la niña que le sonreía con emoción.

—¿Y a qué debo este honor? —le preguntó él a su sobrina.

De pronto, sin saber qué responder a aquel extraño de gesto rígido, Daisy perdió su valor y le soltó la mano. Aunque siguió yendo a su lado y resistiéndose a que su madre le diera la mano.

—Acostúmbrate, Sienna —aconsejó él en voz baja—. La has tenido para ti sola demasiado tiempo y ahora vas a tener que aceptar que tiene más familia. Daisy necesita pasar tiempo con nosotros también. Por cierto, si puedes mantener a raya tu lengua mientras estés con mi madre, nos harás a todos un favor. Como te he dicho, no se encuentra bien.

Irritada por su actitud condescendiente, Sienna quiso responderle que había sido Avril quien la había atacado con desdén en el pasado. Pero decidió que no serviría de nada y que era mejor callarse.

Fingiendo ignorarle, llamó a Sombra, que estaba olisqueando las macetas que bordeaban las escaleras de mármol. Por suerte, el animal obedeció al instante. Encontró consuelo en acariciarle el denso pelaje y en hablarle con suavidad mientras le ponía la correa.

Cuando un criado tomó al perro nada más entrar en la casa, ella tuvo la sensación de que estaba cediéndole toda su autoridad a Conan Ryder.

—No te preocupes. Se ocuparán de él —aseguró Conan, anticipándose a sus protestas.

–¿Pero lo cuidarán bien? Sufrió mucho antes de que lo rescataran en el albergue y necesita mucho cariño. Le gusta el té, toma sopa de tomate y siempre duerme en mi cama porque no le gusta la oscuridad.

–Dios mío, dame paciencia... –murmuró él, mirando al cielo–. Es un perro –le recordó a su invitada con exasperación.

«Y tú, también», quiso responder Sienna.

Una criada llamada Claudette las llevó a Daisy y a ella a sus habitaciones en el piso primero. Cada una tenía su propio lujoso baño y una decoración que dejaba con la boca abierta. Espacioso, bien iluminado y con muebles blancos y rosas, el dormitorio de Daisy era más pequeño que él suyo, que estaba en la puerta contigua.

Conan las estaba esperando en el vestíbulo cuando bajaron de nuevo poco después. Como antes, la pequeña corrió hacia él.

Durante un momento, al sentir su manita agarrándolo con determinación, Conan quiso resistirse. Pero la niña se reía y lo miraba, como si hubiera hecho una travesura y lo desafiara a asustarla de nuevo. Rindiéndose, aunque solo un poco, le dedicó a su sobrina una fugaz sonrisa antes de lanzarle a su madre una mirada de triunfo.

Sin embargo, Conan no parecía disfrutar demasiado de las atenciones de Daisy, caviló Sienna. Tal vez, lo único quería era hacerle sentir mal a ella, se dijo

Aun así, al sentir su mirada, el pulso se le aceleraba sin remedio.

Tratando de ignorarlo, Sienna se asomó a la terraza que se alzaba sobre el lujoso jardín, con vistas al mar.

Avril Ryder estaba recostada en una silla bajo la

sombra de una pérgola adornada con flores trepadoras. Llevaba una toquilla sobre las piernas y estaba mucho más delgada que la última vez que la había visto.

–¡Aquí estáis! –exclamó la anciana y dedicó una breve sonrisa a su hijo antes de clavar los ojos en Sienna. Sin pararse a saludarla, dedicó su atención entonces a Daisy, que todavía iba de la mano de Conan–. ¡Por fin! –añadió, mientras su rostro gris se iluminaba con una sonrisa cálida y sincera–. Ven pequeña. Deja que te vea.

Daisy corrió hacia ella sin titubear y se dejó abrazar sin ofrecer resistencia. Observando los finos brazos de su suegra, a Sienna le sorprendió verla tan delgada. No era de extrañar que Conan estuviera preocupado por ella. No obstante, habló con fría impasibilidad cuando se la presentó a su hija.

–Esta es tu abuela, Daisy.

La niña levantó la vista hacia la anciana pálida y ojerosa y rio con inocencia.

–¿Por qué llevas ese sombrero tan raro?

Sienna se mordió el labio, esperando que Avril apretara los labios con desaprobación. Sin embargo, la otra mujer sonrió.

–Para que no me dé el sol en la cabeza. No es muy bonito, ¿verdad? Pero me es útil.

Daisy se quedó pensativa un momento.

–¿Vas a ser mi abuela de verdad? Siempre he querido tener dos. Mi amiga Zoe tiene dos. ¿Vas a llevarme a la playa como mi otra abuelita?

¿Eran lágrimas lo que Sienna percibió en los ojos de Avril?

–¿Y tú, Sienna...? –preguntó la mujer, incapaz de apartar la mirada de su nieta–. ¿Cómo has estado?

–Estoy bien –contestó ella en voz baja. Aquella no parecía la misma Avril que tanto la había criticado por no haber sido lo bastante buena para Niall.

–Creo que deberíamos dejarlas solas un rato, ¿no te parece?

Sienna se puso rígida al notar la mano firme y masculina de él sobre el codo.

–No tienes objeciones, ¿verdad? –le susurró él al oído en tono de reprimenda.

–No. No tengo objeciones –repuso ella, tensa.

–Bien –dijo él, observándola con atención. Hizo una seña para que se encaminaran más allá de la pérgola, por un camino de piedra soleado y bordeado por arbustos en flor.

–No sabía que tu madre estuviera tan... mal –comentó ella con sincero interés–. ¿Se pondrá bien?

–Eso espero, la verdad –afirmó él, la tensión de su rostro delatando su preocupación.

–Tal vez la ayude tener a Daisy aquí –señaló ella, sintiéndose de nuevo culpable por haberle negado durante todo ese tiempo el derecho a ver a la pequeña.,

–Sí –afirmó él con la mandíbula apretada. Era obvio que él estaba pensando lo mismo que ella–. Y tú, Sienna. ¿Qué has estado haciendo en los últimos tres años?

Ella se encogió de hombros.

–De todo un poco. He estado preparándome para conseguir los títulos necesarios para dar clases de gimnasia. He ido a ver a mis padres.

–A España.

No era una pregunta. Sin duda, Conan se había informado sobre ella. Para los Ryder, su origen siempre había sido otro punto en su contra. Era hija de un carpintero que lo había vendido todo para abrir un bar para militares retirados en la Costa del Sol.

–¿Y qué pasó con el hombre en cuya casa estabas la noche que murió tu marido? –inquirió él con tono duro–. ¿Cuánto tiempo se quedó contigo?

–Prefiero no hablar de eso, si no te importa –replicó ella, mirando hacia otro lado. La fragancia de las rosas del jardín le estaba empezando a dar dolor de cabeza.

Su perfil era orgulloso y desafiante, pero atractivo al mismo tiempo, reconoció él para sus adentros. Sin poder evitarlo, volvió a sentir el deseo que siempre había experimentado por la mujer de su hermano, el mismo que siempre había tratado de combatir.

–¡Claro!

Cuando Sienna le lanzó una mirada ofendida, Conan tuvo ganas de besar esos labios carnosos, de aplastarla contra su cuerpo... ¡Pero debía dejar de pensar así, antes de que ella se diera cuenta!

Con gesto despreciativo, Sienna se encogió de hombros, como si sus actos del pasado no fueran importantes. Al hacerlo, se le cayó un tirante del vestido, dejando al descubierto un hombro pálido y sedoso.

De inmediato, dejándose llevar por un impulso, él le colocó el tirante antes de que ella tuviera tiempo para hacerlo.

–Gracias –murmuró ella, sin aliento, invadida por una chispeante corriente eléctrica ante su contacto.

–¿Cuándo te hiciste eso? –preguntó él, refiriéndose a su tatuaje. Su voz calmada y fría ocultaba el tumulto de emociones que lo invadía.

–Cuando cumplí dieciocho años.

–Antes de que tuvieras algo de sentido común.

Sienna ignoró su crítica. Su tatuaje, al parecer, era otra de las cosas que no le gustaban de ella. ¿Pero qué le importaba?

–Daisy tiene mucha energía –señaló ella, ansiando separarse de él y de aquel jardín repleto de flores–. ¿Crees que es buena idea dejarla mucho tiempo con Avril?

–¿Te preocupa el bienestar de mi madre? –preguntó él con una sonrisa burlona, mientras le dedicaba una sensual mirada–. ¿O el tuyo?

Sienna tragó saliva. Tenía la boca seca. ¿Había él adivinado sus pensamientos?

–¿Qué quieres decir? –se defendió ella con el corazón acelerado, posando la vista en los barquitos que se mecían en el mar en la lejanía.

–¿Por qué te incomoda tanto estar a solas conmigo?

–No me incomoda –mintió ella–. ¿Por qué iba a incomodarme?

–Dímelo tú.

La calidez del sol sobre la piel y la suave brisa del Mediterráneo no hacían más que incrementar la sensualidad y la intimidad del momento.

–¿Es porque soy el único que conoce tu secreto, Sienna?

–¿Mi secreto? –preguntó ella al instante, mirándolo alarmada.

Conan reconoció el miedo en su voz. ¿Qué más había estado ocultando en los dos años que había estado casada con su hermano?

–El único que sabe la clase de chica que eres.

–Tú crees que lo sabes –le corrigió ella con énfasis.

–Decías que te ibas a ver museos y de compras a

Londres, pero no eran más que tapaderas para tu aventura.

Justo cuando iba a negarlo con rotundidad, Sienna se paró a pensar en lo que él le había dicho, que era el único que lo sabía.

—¿No le has contado a tu madre tus sospechas? Me sorprendes, Conan —observó ella, sin poder creer que no hubiera aprovechado la oportunidad para denostarla delante de su madre.

—¿Y romperle el corazón todavía más? ¿No crees que ya ha sufrido bastante?

—Tu discreción es admirable —comentó ella con tono distante, sin querer que él supiera lo mucho que le afectaban sus acusaciones.

—No se puede decir lo mismo de tu moral.

—Sí, bueno... —murmuró ella—. Eso es lo que tú quisiste creer. No quisiste escuchar mis explicaciones.

—¿Querías que me tragara que tú y ese Timothy Leicester erais solo amigos? —dijo él con una carcajada burlona—. Es un cliché muy viejo.

—No, éramos mucho más que eso, Conan —señaló ella, mirándolo a los ojos con gesto desafiante. Sin embargo, al percibir la rigidez de su mandíbula, pensó que no era buena idea provocarlo. Podía ser un hombre peligroso—. Yo nunca le fui infiel a Niall. ¡Lo amaba!

—Me perdonarás que no te crea. Después de todo, los dos sabemos que eres buena mentirosa —indicó él. Habían reanudado su paseo y, con una cortesía que no concordaba con sus duras palabras, le levantó a su acompañante una rama llena de flores para que pudiera pasar.

Al pasar por debajo, Sienna le rozó sin querer en el brazo. Aquel contacto involuntario hizo que una corriente eléctrica volviera a recorrerla.

–Eso me recuerda la otra razón.

–¿Otra razón? –inquirió ella, volviendo los ojos hacia él–. ¿Para qué?

–La otra razón por la que siempre has inventado cualquier excusa con tal de no estar a solas conmigo.

A Sienna se le aceleró el corazón.

–Es fácil. No me gusta tu compañía.

–Eso lo doy por descontado. Pero no es solo mi compañía lo que te molesta, ¿verdad, Sienna?

¿Qué otra cosa podía ser?, se preguntó ella, mirando al horizonte, donde los veleros flotaban en las aguas brillantes bajo el sol. Era cierto que, aun cuando había estado con Niall, la cercanía de Conan siempre la había hecho sentir incómoda. Quizá fuera la energía animal que emanaba, su personalidad enigmática e inquietante, o su mirada penetrante que parecía adivinar todos sus secretos.

Su capacidad de hacerla sentir incómoda no había hecho más que agudizarse con los años, reconoció, nerviosa.

–De verdad que no sé de qué me hablas.

–¿Ah, no? Yo pienso que sí.

Sienna no se había dado cuenta de que habían dejado de andar, pero notó cómo los ojos felinos y helados de él la atrapaban como si fueran una trampa invisible.

–Estoy hablando de sexo, Sienna.

–¿Sexo? –repitió ella con el corazón acelerado a toda velocidad. Intentando salir de su estupor, soltó una risa nerviosa–. ¿Contigo? –añadió, dando un respingo de desprecio, a pesar de la creciente sensación de calor que la inundaba.

Conan esbozó una sonrisa socarrona.

–Bueno, no es para tanto –dijo él, contemplando satisfecho cómo su interlocutora se sonrojaba–. Estaba hablando de química. ¿Desde cuándo tiene que ver la atracción física con que te guste el objeto de tu atracción o con que lo respetes? Y sé que sientes tan poco respeto por mí como yo por ti.

–Así es –le espetó ella–. ¡Como si me gustara fijarme en hombres que no puedo soportar!

–Tal vez prefieres a los que pueden comprar tus afectos con dinero, hasta que encuentras otra cosa en la que entretenerte.

–¿Como me pasó con Niall, quieres decir?

–Igual crees que puedes exhibir tus conquistas como un trofeo, pero no es así. Mi hermano estaba enamorado de ti.

–Sí –admitió ella, cerrando los ojos. Apretó los dientes para contener las lágrimas que, desde hacía años, tenía bloqueadas en la garganta.

Niall había estado enamorado. Su amor por ella había sido casi obsesivo, tanto que a veces la había agobiado con su instinto de posesión. La había tratado como si hubiera sido una joya para exhibir. La había colocado en un pedestal, tan alto que ella había tenido miedo de la caída. Y, en ocasiones, la había hecho sentir como si hubiera sido un trofeo, una medalla en la solapa para impresionar al hombre que más había admirado Niall, su exitoso hermano mayor.

Conan frunció el ceño, contemplando cómo el rostro de Sienna se contraía por un tren de emociones que parecían hondas y sinceras. ¿Habría dicho ella la verdad? ¿De veras había amado a su hermano? ¿Era la culpa lo que la atormentaba? ¿O era algo diferente?

–¿Tienes remordimientos, Sienna? –preguntó él,

mientras le posaba una mano en la nuca. Notó cómo
ella contenía la respiración al instante.

–¿Qué esperas? –dijo ella, sin poder ocultar el
miedo en su voz. Tenía miedo de sí misma, de las sensaciones que la atravesaban cada vez que estaba cerca
de ese hombre–. ¿Quieres que me enamore de ti para
luego dejarme tirada? ¡Es más probable que encuentren vida en Marte esta misma noche!

El sonido lejano de una lancha motora penetró en
el jardín. Una suave brisa mecía las hojas de un na-
ranjo.

–Siempre he creído que todo es posible –comentó
él con una sonrisa de satisfacción–. Y los dos sabemos
que nunca te he sido indiferente, aun teniendo dos
amantes en tu vida, ¿verdad, Sienna?

–¡Eso es mentira!

–¿No me digas?

Conan se estaba refiriendo a la cena y al baile al
que Sienna había asistido con Niall. Mientras su marido había estado bebiendo en la barra con unos clientes, intentando cerrar un trato de negocios, Conan se
había acercado y la había invitado a bailar... solo por
cortesía, según ella había creído.

Con un traje de chaqueta oscuro, una camisa blanca
inmaculada y una pajarita, él había estado espectacular.
Había sido la clase de hombre al que no había sido posible negarle nada... tanto en su vida privada como en
los negocios.

Sienna recordaba lo que había sentido cuando él la
había llevado del brazo a la pista. Cuando había per-
cibido el calor de su contacto sobre la piel, su cuerpo
había reaccionado poniéndose tenso como un violín
afinado.

–Tus bonitas mejillas sonrojadas te delataron –comentó él, sacando a Sienna de golpe de sus recuerdos. Al mismo tiempo, le recorrió la cara con los dedos.

Por alguna razón, él actuaba como si tuviera derecho a tocarla. Y Sienna estaba tan hipnotizada que no podía pedirle que parara, envuelta en un embriagante halo de sensualidad.

–Tenías las pupilas dilatadas y tus provocativos labios carnosos tartamudeaban –continuó él.

«¡Me sentía incómoda contigo! ¡Avergonzada! ¡Pero tenía mis razones! Todo lo que hice era por una razón!», quiso decirle Sienna.

Pero no podía hacerlo.

Durante un instante, recordó las palabras que le habían suplicado que no se lo contara a nadie.

–¡Prométeme que no se lo dirás nunca a nadie! ¡Y menos a Conan!

A Sienna se le encogió el estómago al recordar aquella súplica angustiada. Pero ella había hecho una promesa y nunca la rompería. Jamás.

Con resignación, entonces, levantó la vista para enfrentarse a los ojos de Conan, llenos de desaprobación.

–Vaya, parece que me resultabas irresistible, ¿verdad, Conan? Pero ya no es así.

Él rio con suavidad, le levantó la barbilla con la punta del dedo y posó los ojos en sus labios temblorosos.

–¿No?

–¿No te preocupa que intente dejarte seco como hice con tu hermano? –le espetó ella, dando un paso atrás con determinación, aunque le temblaban las rodillas.

–No podrías –repuso él con una carcajada burlona.

Claro. Conan tenía demasiados millones como para eso.

Un ladrido, seguido por unas risas infantiles, resonaron en la terraza sobre sus cabezas. Sienna se giró hacia allí, aliviada por la interrupción.

–Vete con tu hija. Acomodaos –invitó Conan, haciendo una seña hacia la terraza–. Pero recuerda que estás jugando un juego peligroso, Sienna. No te resultará tan fácil manejarme como hiciste con mi hermano.

Conteniéndose para no salir corriendo, ella se alejó, ansiosa por refugiarse en el cariño de Daisy y Sombra y volver a sentirse segura de nuevo.

Capítulo 4

CONAN miró por la ventana de su estudio, apartando la vista del ordenador. El informe que había estado leyendo era menos interesante que la escena que se desarrollaba en la piscina.

Con una blusa ligera blanca y pantalones cortos, Sienna estaba haciendo ejercicios de gimnasia. Daisy estaba pintando con unas ceras de colores bajo una sombrilla. El saco de pulgas estaba tumbado a su lado, observó con una mueca.

Su sobrina era de complexión fuerte, como su hermano. No había heredado la pequeña figura de su madre. Además, era agradable y educada o, al menos, así le había parecido a él durante los dos días que llevaban en su casa.

Eso era un punto a favor de Sienna, tuvo que reconocer con reticencia, sorprendido por cómo su cuerpo se endurecía solo de pensar en la pérfida viuda de su hermano.

¿O sería solo por cómo ella se movía mientras hacía gimnasia? Tumbada con la cara al sol, con las manos entrelazadas detrás de la cabeza, levantaba sus preciosas piernas, mientras se le acentuaban los pechos con cada movimiento.

En ese momento, la pequeña se acercó a ella. Sienna se incorporó y sonrió, apartándole el pelo de la cara a su hija. Aquel tierno gesto le recordó a Conan a los tiempos en que había vivido una relación idílica con su madre, antes de que Avril se hubiera casado con su padrastro y hubiera tenido a Niall. Había aprendido a endurecer su corazón para protegerse de esos recuerdos y volvió a hacerlo. Sin querer darle más vueltas, cerró el portátil.

Le gustara o no, Sienna era su invitada. Las relaciones entre ella y su madre habían sido tensas, cuando menos, desde que había llegado. Esa debía de ser la razón por la que había elegido ir a la piscina, mientras Avril estaba durmiendo la siesta. Sin duda, intentaba evitar al máximo el contacto con Avril, por lo que estaba pasando demasiado tiempo sola. Y eso era algo que él se proponía arreglar.

Sienna estaba haciendo su tabla de ejercicios de brazos cuando Conan apareció en la piscina, vestido con una camisa blanca de lino y pantalones claros.

Su fuerza y virilidad eran evidentes, así como su cuerpo musculoso y bronceado.

Daisy se puso en pie al verlo y corrió hacia él con sus dibujos en la mano.

Con una sonrisa reticente, Conan se agachó para ver el dibujo que su sobrina le mostraba. Con suavidad, alabó su trabajo y, luego, le dijo algo en voz baja que Sienna no pudo escuchar. Al instante, la niña salió corriendo en dirección a la casa.

—Llévate al perro, Daisy —ordenó Conan.

Obediente, Daisy llamó a Sombra y el animal la siguió de inmediato.

Sienna se enderezó y dejó las pesas que había estado usando. Por lo habitual, siempre tenía el corazón acelerado después de hacer ejercicio, pero solo de ver a Conan el pulso le latía como si hubiera estado corriendo a toda velocidad.

–¿Hace todo el mundo lo que le mandas?

–Normalmente, sí –contestó él con una sonrisa.

Sienna no lo dudaba. Era la clase de hombre que hacía que los camareros y los porteros se materializaran ante él, como genios de la botella, y que otros desaparecieran, como Daisy y Sombra.

–Pensé que estabas trabajando. Eso me dijo Avril.

–Así era –afirmó él, acercándose–. Te he visto por la ventana. Creo que ya has pasado bastante tiempo sola.

Ella sonrió, nerviosa.

–¿Has sobornado a Daisy con alguna chuchería para quitarla de en medio?

–¿Qué te hace pensar eso? –preguntó él a su vez con una sonrisa socarrona.

–Creo que eres capaz de sobornar a cualquiera para conseguir lo que te propones.

La risa profunda y masculina de Conan le recordó a Sienna que debía estar alerta y no olvidar jamás lo peligroso que era.

–Solo le he dicho que Claudette ha llevado pasteles al cuarto de mi madre y que Avril la está esperando.

–Qué bien –dijo Sienna, contenta porque, al menos, su hija estuviera forjando un vínculo con su abuela.

Cuando él se acercó todavía un poco más, ella contuvo la respiración.

–¿Puedo?

Sienna le tendió las pesas que todavía estaba sujetando entre manos agarrotadas. Observó cómo él las sopesaba en una sola mano, fuerte y bronceada. Durante un instante de locura, ella se imaginó aquella mano tocándole el cuerpo, por todas partes...

Conmocionada por aquella fantasía, trató de pensar en otra cosa.

–No quiero convertirme en una musculitos –explicó ella, al ver qué él esbozaba una expresión burlona por lo ligeras que le parecían las pesas–. Solo quiero mantenerme tonificada.

–Estás muy bien así –comentó él, recorriéndola con mirada candente.

Deseando haberse puesto sujetador, Sienna se sonrojó al sentir cómo posaba los ojos en sus pechos, cubiertos solo por una fina blusa ajustada.

–La última vez que te vi en una piscina llevabas un bañador de Dior –le recordó él–. Y estabas adornada con todo tipo de joyas de oro.

Sienna había vendido todo ese oro, junto con su deportivo y el resto de las cosas que Niall le había regalado. Había tenido que hacerlo para pagar las deudas después de la muerte de su marido.

–¡Esa no era yo!

–¿No? –repitió él, riendo con desprecio–. Sigues teniendo el mismo cuerpo, lo reconocería en cualquier parte. Aunque reconozco que ahora estás más... tonificada.

Su escrutinio hizo que a Sienna le recorriera una inquietante corriente eléctrica. Con una sonrisa de satisfacción masculina, él posó los ojos en sus hombros, en sus brazos y en sus pechos turgentes.

–Quiero decir que no era... –balbuceó ella. ¿Cómo podía explicarle que se había sentido ostentosa y ridícula con todas aquellas joyas? Se las había puesto solo para complacer a Niall. Igual que el caro bañador que su marido le había regalado y jamás se habría comprado por sí misma–. Entonces, era una persona diferente, Conan –señaló con tono seco–. Todos éramos distintos.

Los sensuales labios de su anfitrión se curvaron en una breve sonrisa.

–¿Ah, sí? –dijo él, clavando los ojos en ella–. ¿Acaso puede un leopardo librarse de sus manchas?

–¡Está claro que no! –le espetó Sienna, furiosa porque no podía cambiar la opinión que tenía de ella. ¡Sus prejuicios estaban grabados a fuego!–. No pienso quedarme aquí para que te metas conmigo.

Cuando Sienna iba a pasar a su lado, la bloqueó el camino.

–Créeme, no ha sido mi intención ofenderte –aseguró él, extendiendo las manos en gesto de rendición.

–¿De verdad? –protestó ella con las mejillas sonrojadas por la rabia–. No pierdes ninguna oportunidad de atacarme. Igual piensas que soy culpable de infidelidad, ¡pero al menos no era yo quien deseaba a la mujer de su hermano!

Conan se quedó rígido.

Arrepintiéndose de haberle lanzado esa acusación, Sienna miró a su alrededor, buscando la ruta más rápida de escape.

–¿Te importa repetirlo? –la retó él en voz baja y amenazante.

Desesperada por huir de él, Sienna se lanzó de cabeza a la piscina.

Solo había nadado unos pocos metros cuando oyó que alguien se tiraba a sus espaldas. Aterrorizada, se dio cuenta de que Conan iba a darle caza... ¡vestido!

Con rapidez, ella llegó al otro extremo de la piscina pero, antes de que pudiera salir, Conan le dio alcance y la sujetó del brazo, obligándola a girarse.

Durante unos segundos interminables, se quedaron en silencio, su enfado calentando el ambiente. La camisa mojada de Conan dejaba transparentar su vello oscuro.

Sienna nunca lo había visto tan rabioso, con un aspecto tan salvaje. Entonces, dejándose llevar por un impulso inexplicable, levantó la cara hacia él al mismo tiempo que él inclinaba su rostro y ambos dieron rienda suelta a su furiosa pasión en un beso enloquecido.

Conan no había sido consciente de la razón por la que la había perseguido pero, en ese momento, al sentir su suave boca, comprendió que aquel beso había sido su único objetivo. Quizá sus palabras habían tocado un punto débil y habían liberado una atracción que había intentado bloquear durante años. Nunca se había permitido a sí mismo ni siquiera pensar en lo mucho que le gustaba esa mujer, ni cuando ella había delatado sus emociones al temblar entre sus brazos la noche que habían bailado juntos. Pero ya no había manera de seguir negando lo que sentía.

Cuando él la apretó contra su cuerpo fuerte y tenso, Sienna dejó escapar un gemido y se agarró a su espalda mojada con manos desesperadas, apasionadas.

Odiaba a ese hombre. Aun así...

Enajenada por el deseo, por la intensidad de una pasión que no había experimentado nunca antes, Sienna se rindió al momento. Hundió las manos en su pelo moreno y mojado y se entregó a su boca insaciable con ansiedad.

Cielos... ¡Quería mucho más que un beso!, recono-

ció para sus adentros con un gemido que le salió de lo
más profundo. Quería hacer realidad todas las fanta-
sías que había imaginado con él. Quería...

De pronto, Conan la agarró de la cintura y la levantó en el aire. Ella lo rodeó con las piernas.

Sujetándole la cabeza hacia atrás, comenzó a be-
sarle los pechos, los pezones endurecidos. Invadida
por el más fiero deseo, ella sintió que el centro de su
feminidad se prendía fuego.

Sienna percibió su erección, dura y vibrante y se
frotó contra él como un animal salvaje, mientras Conan le levantaba la blusa y posaba las manos en sus
pechos ansiosos.

Un tumulto de sentimientos contradictorios bullía
en su interior, mientras experimentaba el deseo más
intenso que había sentido jamás.

Había estado enamorada de su hermano. Había
creído saberlo todo sobre la atracción sexual. Pero nada
en su corto matrimonio podía compararse con eso, nada
podía haberla preparado para la urgente excitación que
la empujaba en ese instante.

Entonces, Sienna recordó su reciente enfrentamiento
y lo mucho que Conan la despreciaba. Y comprendió
en qué consistía todo aquello. No era más que deseo
carnal, se dijo a sí misma. Con gesto de disgusto, se
apartó de golpe, bajándose la blusa, y volvió la cara.

–¿Qué pasa, Sienna? ¿No puedes mirarme? –preguntó él con voz ronca. Parecía estar sin aliento, igual
que ella.

Arriesgándose a mirarlo, a ella le sorprendió que
sus ojos se habían oscurecido por el calor del deseo.
Su boca no exhibía una sonrisa burlona, como había
esperado. Tenía la boca tensa, como si estuviera lu-

chando para mantener el control. Debajo de la camisa, el pecho le subía y le bajaba a toda prisa por la respiración acelerada.

–Yo tampoco pretendía que pasara –reconoció él.

–¿De veras? –replicó ella. Ser hostil era la única manera de mantener la dignidad, se dijo a sí misma. ¿Cómo podía explicar la locura momentánea que la había cegado hacía un momento?–. Yo creía que tu mayor deseo era humillarme.

Conan la observó con atención. Parecía indignada. Sus ojos parecían zafiros empañados, tenía los labios hinchados y sonrojados por el beso.

–¿Es eso lo que piensas?

–¿Qué piensas tú? –quiso saber ella.

–Creo que los dos estamos soportando mucha tensión y hemos estallado como una olla a presión –aventuró él.

Una explicación muy pragmática, observó Sienna para sus adentros, un poco decepcionada. ¿Pero qué otra cosa había esperado? Aquel hombre no era más que el hermano de Niall, el tío de Daisy.

–Ahora, si me disculpas... –dijo él. A pesar de su tono burlón, su voz seguía ronca y sus ojos exhibían una expresión inescrutable–. Me gustaría quedarme y llevar este agradable interludio a su fin natural, pero tengo que volver al trabajo.

Y eso iba a costarle toda su fuerza de voluntad, se dijo Conan. Aunque la alternativa era quedarse allí y dejar que ella creyera que su acusación era cierta. Él siempre había rechazado sentir cualquier atracción consciente hacia la mujer de su hermano.

–Además... Nunca he hecho el amor a una mujer furiosa y no quiero que esta sea la primera vez.

Con un ágil salto, Conan salió de la piscina, el agua chorreándole como una cascada de su magnífico cuerpo.

Cuando se iba, Sienna contempló cómo la camisa mojada resaltaba su ancha espalda, cada músculo, y cómo los pantalones se le habían pegado a los glúteos firmes y duros y a los fuertes muslos. La ansiedad del deseo infectó su cuerpo de nuevo.

¿Qué le sucedía?, se reprendió a sí misma, avergonzada. ¿Y qué debía pensar él? Su comportamiento solo podía haber confirmado su opinión de ella, adivinó con impotencia.

Conan estaba acostumbrado a mantener el control, a considerar las consecuencias de sus actos y sus palabras. Era un hombre fuerte de carácter, se dijo con un nudo en la garganta, mientras recordaba lo que le había dicho sobre hacer el amor con una mujer furiosa.

—¿Cómo te encuentras hoy? —preguntó Sienna, esforzándose por sonar amistosa al encontrarse con su suegra la tarde siguiente en la terraza—. ¿Estás mejor? —añadió y se sentó en el sillón que había a su lado.

Daisy estaba ya en la cama y Conan llevaba casi todo el día fuera. En vez de sentirse aliviada, sin embargo, una incómoda ansiedad no la había dejado en paz.

—Me encuentro todo lo bien que puedo encontrarme —respondió Avril—. Los médicos no se ponen de acuerdo en el diagnóstico —explicó con resignación—. ¿Puedes creerlo? Conan les paga una fortuna y no saben qué me pasa. Uno dice que es un síndrome posvírico. Otro asegura que parece esclerosis.

–¿Y no puedes hacer nada? –sugirió Sienna con empatía–. Tal vez, con algo de ejercicio suave...

–¿Ejercicio? –protestó Avril, como si le hubiera propuesto irse a la Luna–. Hoy todo quieren arreglarlo con eso –señaló con cierto desprecio–. Sobre todo, vosotros los jóvenes.

A Sienna le pareció una pulla contra todos sus años de entrenamiento como monitora de gimnasia. Por un instante, volvió a sentirse la joven insegura que había tenido que morderse la lengua mientras la familia de su marido la había criticado sin cesar. Sin embargo, el tiempo le había dado seguridad y experiencia en trabajar con todo tipo de personas, sanos y enfermos o ancianos.

–Es la respuesta a muchos males.

–En este caso, no, Sienna. Aunque tengo que reconocer que me sorprende que te preocupes por mí.

–No me gusta ver sufrir a nadie. Sobre todo, cuando sus molestias tienen arreglo.

–Yo ya no tengo arreglo –repuso la mujer mayor con una amarga carcajada.

–Eso no es cierto –insistió Sienna. Sabía que la madre de Conan no tenía más que sesenta y cinco años e intuía que era una depresión lo que le quitaba la fuerza vital. Al mismo tiempo, observó para sus adentros lo mucho que se parecía Avril a su hijo Niall, al menos, en la resignación con que aceptaba las cosas negativas. Conan, sin embargo, era capaz de poner el mundo entero patas abajo si tenía que hacerlo.

–¿Sabes? Te muestras mucho más segura de ti misma que en el pasado, Sienna –apuntó Avril, observándola con atención–. Y más madura.

–He tenido que crecer a la fuerza –contestó ella,

encogiéndose al recordar lo optimista e ingenua que había sido cuando se había casado con Niall y había intentado sin éxito encajar en su círculo familiar.

–No tenías por qué hacerlo sola –señaló Avril, refiriéndose a la crianza de Daisy–. Conan me ha contado que tus padres siguen en España. ¿Aun así, ven a su nieta?

Sienna asintió, encogida por el peso de la culpa por haber impedido que la niña viera a su abuela paterna durante tanto tiempo.

–Lo siento. De veras lo siento.

–Todos hemos cometido errores –admitió su suegra–. Ahora me doy cuenta de ello. Eras demasiado joven para hacerte cargo de la responsabilidad de ser madre y esposa. No eras... –dijo y se interrumpió, como si lo hubiera pensado mejor.

–No era la clase de esposa que tú querías para él, ¿verdad? –adivinó Sienna, recordando el rechazo de su familia política.

–Sé que te di razones para pensar eso –dijo la mujer mayor y suspiró–. Era mi hijo.

A pesar de todo, a Sienna se le encogió el corazón y sintió el dolor de la otra mujer.

De todas maneras, no quería hablar de nada de eso, ni remover el pasado. Aunque no pudo evitar revivir aquellos tiempos y las situaciones que le habían ganado la desaprobación de la familia de Niall. Había sido todo muy injusto. Y lo peor de todo había sido la severa censura de Conan. ¿Pero qué clase de madre dejaría a su bebé enfermo para salir de fiesta, sin ni siquiera molestarse por llamar para ver cómo estaba?

No, había sido todavía peor. ¡Había desconectado su teléfono de forma deliberada!

Todavía recordaba la mirada condenatoria de Conan cuando la había sacado de esa fiesta. Y la desesperación y pánico que ella había sentido, temiendo que algo le hubiera pasado a Daisy. No había logrado convencerlo de que su hija había estado perfectamente cuando ella había salido de casa.

Por supuesto, él no la había escuchado. Había habido demasiadas pruebas contra ella.

Enferma por los remordimientos, Sienna había sido incapaz de defenderse a sí misma. Había dejado que la familia Ryder dejara por los suelos su nombre, con un punto más en su contra...

–Si hubieras sido la mujer de Conan, él no te habría consentido tanto como mi hijo menor. Es muy rico, pero no es débil ni fácil de manipular como Niall. Si hubieras elegido a Conan, te aseguro que te habría metido en cintura.

¡No!, había querido gritar Sienna. Nadie había tenido por qué meterla en cintura. Sin embargo, le había sorprendido que su suegra hubiera calificado de débil a su hijo menor.

–Entonces, debo darle gracias a mi suerte porque esa unión nunca vaya a tener lugar –replicó ella con una risa forzada.

–¿Me he perdido algo? –preguntó Conan.

Su voz profunda y viril hizo que a Sienna se le pusiera la piel de gallina.

No lo había visto desde que se había ido a una reunión de negocios esa mañana. En ese momento, con un traje de sastre color gris, camisa blanca y corbata plateada, tenía un aspecto tan vital y dinámico que quitaba el aliento.

–¿De qué estabais hablando?

Sienna sintió un cosquilleo sensual por todo el cuerpo cuando la recorrió despacio con la mirada, mientras la envolvía el aroma especiado de su loción para después del afeitado.

—De ti —repuso ella, irritada por lo mucho que la afectaba su cercanía.

Él esbozó una mueca burlona.

—Por todos los santos, Conan, llévala a alguna parte —sugirió Avril—. O me pondrá a hacer jogging por todo el jardín antes de que me dé cuenta.

—Bueno, eso no estaría mal, ¿no te parece? —comentó él con una sonrisa—. Mi madre me ha dado permiso para hacer lo que quiera contigo... —añadió con tono provocativo y un brillo irresistible en los ojos—. Es mejor que no la decepcionemos, ¿verdad?

Capítulo 5

EMPUJADA por algo más fuerte que su propia voluntad, Sienna aceptó la mano que él le tendía. Era cálida y fuerte y, al instante, su contacto hizo que se le acelerara el pulso.

–¿Adónde vamos? –preguntó ella, dejándose guiar por el porche de columnas hasta el Ferrari rojo que esperaba en la entrada.

–Ya lo verás.

–¿Y qué pasa con Daisy?

–Está dormida –contestó él–. Está bien, te lo aseguro.

Al parecer, Conan había ido a ver a su sobrina antes de salir a la terraza para encontrarse con ellas.

Por alguna extraña razón, Sienna aceptó su palabra sin necesidad de comprobar el estado de su hija por sí misma. ¿Cómo era posible, si aquel hombre ni siquiera le caía bien?

–Tengo que recoger unos documentos en Cannes –le explicó él, poniendo en marcha el deportivo–. No nos llevará mucho tiempo, pero pensé que te sentaría bien salir de casa una hora.

¿De veras había pensado en ella?, se preguntó Sienna, sintiéndose halagada. Sin embargo, no debía dejarse engañar, se recordó a sí misma. No podía bajar las defensas con él. Aunque eso era precisamente lo que cualquier mujer haría con ese hombre, tan guapo y, al mismo tiempo, tan carismático.

De todas maneras, era demasiado peligroso. Ella sabía que era un hombre despiadado y cruel.

El aire dulce y cálido impregnado de aroma a azahar los envolvió por la carretera que bordeaba el mar radiante bajo el sol.

–¿Vienes aquí a menudo? –preguntó ella, por decir algo y romper el silencio.

–Siempre que puedo. Los fines de semana y las vacaciones, casi siempre, en verano.

–Lo entiendo –comentó ella.

El paisaje agreste y salvaje enmarcado en el azul del cielo y del mar combinaba a la perfección con Conan.

–A mis padres siempre les gustó España. Por eso, íbamos casi todos los años. Eran vacaciones baratas, a un camping o algo así, pero lo pasábamos muy bien juntos.

–Suena bien –repuso él con aire distraído.

Sienna se preguntó si lo decía solo por cortesía. Después de todo, ¿qué era un camping en la Costa Brava comparado con su villa multimillonaria en el sur de Francia?

–¿Y qué me dices de ti? –murmuró ella, ansiosa por saber más cosas sobre su cuñado. Después de todo, no siempre había sido rico.

Sienna sabía que Conan se había ido de casa siendo muy joven y, según le había contado Niall, había trabajado en muchas cosas distintas, hasta que había tenido la oportunidad de demostrar su talento empresarial. Eso, más los contactos adecuados, le había abierto las puertas del éxito. Había hecho su fortuna en el campo de las telecomunicaciones. Como hombre, sin embargo, era un enigma para ella. Niall y él habían sido tan distintos como la noche y el día.

–¿Qué pasa conmigo? –preguntó él a su vez, mientras cambiaba de marcha para subir una carretera ondulante cuesta arriba.

–¿Te ibas de vacaciones con tu familia? –preguntó ella, posando la vista en las manos fuertes y bronceadas de su anfitrión. Sin duda, esas manos sabrían cómo explorar el cuerpo de una mujer, pensó sin poder evitarlo.

–Bueno, no eran tan divertidas como suenan las tuyas.

–Niall decía que no conociste a tu padre –señaló ella, consciente de que era hijo ilegítimo y que, tal vez, no quería hablar de eso.

–No –negó él, volviendo la cara hacia ella un momento.

–¿Y tu padrastro? –inquirió ella. Le habían contado que Conan había sido adoptado con cuatro o cinco años.

–¿Qué pasa con él? –replicó Conan con tono helador.

–¿Te llevabas bien con él?

–No.

Por su respuesta rotunda y el silencio que siguió, era obvio que no quería que Sienna indagara más en su vida privada. Era un hombre amante de su intimidad. Sus relaciones con mujeres eran llevadas con la máxima discreción y, si daba alguna entrevista a la prensa, era solo para hablar de su trabajo. Aunque, a veces, los paparazzi lograban tomarlo por sorpresa, como le había pasado con Petra Flax.

Mirándolo de reojo, pensó que su perfil era tan duro e inquietante como los acantilados a los pies de la carretera.

–Voy a ver cómo está Daisy –explicó ella, sacándose el móvil que llevaba en el bolsillo.

Por la forma en que arqueó las cejas, Sienna adivinó lo que estaba pensando, que no se había preocupado por su hija en el pasado. Entonces, recordó, con más viveza que nunca, la noche en que Niall la había llamado, rogándole que se reuniera con ella en esa fiesta. La había convencido diciéndole que era importante para su trabajo, pues había estado intentando cerrar un trato con unos clientes que también habían sido invitados.

Sienna había dejado a su hija con la niñera y había acudido a la fiesta para reunirse con su marido. Cuando Conan se había presentado allí horas después con el aspecto de un dios vengador, Niall había desaparecido. Después, ella había averiguado que se había ido con sus clientes al casino, dejándola sola para lidiar con la rabia de su hermano.

–¿Qué diablos crees que estás haciendo? –le había espetado Conan, echándole en cara que se había estado divirtiendo mientras su hija había estado enferma y la niñera no había sabido qué hacer.

Ella había respondido a sus acusaciones a la defensiva. Había revisado su móvil una docena de veces para ver si había tenido mensajes urgentes, pues no le había gustado nada dejar a su hija por la noche. Y Daisy había estado perfectamente cuando se había ido.

Pero, cuando se había sacado el móvil del bolso, lo había encontrado apagado, para su sorpresa. Y la opinión de Conan sobre ella no había hecho más que empeorar.

Más tarde, cuando habían estado a solas, Niall le había confesado que había sido él quien le había apagado el móvil.

–Solo quería que te relajaras –le había dicho su marido–. Siempre estás preocupándote por Daisy sin necesidad. Y yo tenía mi móvil conmigo.

Al día siguiente, Niall le había regalado un colgante, un corazón de oro con un diamante en el centro, y le había suplicado que lo perdonara por haberla hecho quedar tan mal ante Conan y su madre. Después de todo, solo lo había hecho por ella, había aceptado Sienna. Y Daisy se había recuperado. Así que lo había perdonado. Como siempre había hecho, reconoció con el corazón encogido. Hasta aquella última vez...

Conan paró diez minutos en Cannes para recoger unos documentos en uno de los prestigiosos hoteles de la ciudad. Mientras lo esperaba, Sienna contempló los lujosos coches y tiendas a su alrededor. Sin embargo, había demasiada gente en las calles y ella entendió por qué su anfitrión había elegido comprar una casa en una zona más aislada y tranquila. Eso le dijo cuando se pusieron en marcha de nuevo.

–Me alegro de que lo apruebes –observó él.

Sin embargo, su tono de voz no sonaba muy alegre. Al parecer, la había llevado con él solo para distraerla, pensó Sienna.

–¿Por qué estás haciendo esto si tanto me desprecias?

–¿Tiene que haber una razón? –preguntó él a su vez, sin apartar la vista de la carretera.

–¿Contigo? –dijo ella, lanzándole una rápida mirada–. Oh, sí, seguro que sí.

–Quizá, el pequeño incidente en la piscina el otro día despertó mi curiosidad.

–¿Respecto a qué? –inquirió Sienna, nerviosa. A ella le había despertado algo más aparte de curiosidad.

–Sobre el hecho de que dos personas que no se gustan se encuentren en la extraña situación en que nos encontramos nosotros ayer. ¿Quieres saber lo que me gustaría hacer contigo de verdad, Sienna?

Ella tenía una idea, pero no quería reconocerlo. El corazón se le aceleró y la boca se le quedó seca.

–¿Mandarme en el primer avión a mi casa?

–Eso sería lo más prudente, estoy de acuerdo. Para ambos.

–¿Entonces por qué no lo haces?

–Porque hay más personas implicadas que tú y yo.

–¿Y si no las hubiera?

–Entonces, te llevaría a la cama y no te dejaría en paz hasta que hubiéramos agotado este absurdo deseo que siento. ¿Y sabes lo que me hace más difícil controlarme?

–Sin duda, vas a decírmelo –repuso ella con el pulso acelerado por lo que acababa de escuchar.

–Saber que tú lo deseas también.

–No, espera un momento... –protestó ella, sonrojándose de vergüenza–. Que nos hayamos dado un beso no significa que...

–No fue un simple beso.

No, tenía razón, reconoció ella para sus adentros. Había sido la culminación de un impulso alimentado por la hostilidad y el resentimiento, que había ido creciendo con una fuerza imparable desde el momento de su reencuentro en la sala de gimnasia.

Tomando su silencio como una negativa, Conan paró de pronto en el arcén.

–¿Qué estás haciendo? –preguntó ella con el corazón acelerado.

–¿Qué crees que estoy haciendo? –murmuró él con tono sugerente.

Cuando Sienna le lanzó una mirada de advertencia, su acompañante rio con suavidad.

–Pensé que te gustarían las vistas –explicó él, mientras se quitaba las gafas de sol.

Estaban parados en lo alto de la colina, con el mar radiante a sus pies. Allí, parecía que no había en el mundo nadie aparte de ellos dos. Las chicharras cantaban a su alrededor y los aromas de la Naturaleza los envolvían. Sienna sintió un nudo en la garganta.

–¿Por qué trataste a Niall tan mal? –preguntó ella sin poder contenerse.

–¿Y tú?

Sienna no contestó. Desvió la mirada hacia el oeste, donde el sol comenzaba a ponerse y a pintar el cielo de color fuego. ¿Qué importaba si se lo contaba?, se dijo. Su hermano estaba muerto y había cosas que no podían cambiarse, pasara lo que pasara.

–¿Significa tu silencio que reconoces al fin que le fuiste infiel?

–¡No! –exclamó ella, volviéndose hacia él.

–¿Sabías que Niall se daba cuenta de todo, Sienna? –insistió él. Por cómo la miraba, era obvio que no la creía.

A Conan le sorprendió ver que ella se encogía, como si le importara mucho que su marido hubiera estado al corriente de sus devaneos.

–No es posible. Quiero decir... que no tenía nada

de lo que darse cuenta —señaló ella y, tras unos momentos, creyó comprender lo que Conan le había dicho—. ¿Te refieres a que fue él quien te contó...?

Sienna no pudo continuar. Estaba hundida. Había sabido que Niall había sido inseguro, posesivo, celoso. Pero nunca había imaginado que había compartido sus preocupaciones con nadie...

—¿Por qué iba a sospechar de ti tu marido, si no hubiera tenido razones?

La pregunta de Conan la sacó del estado de shock en que la había sumido lo que él acababa de revelarle.

—Porque, como tú, no podía creer que yo tuviera una relación de amistad con un hombre, sin que hubiera nada más —explicó ella con amargura.

—¿Una relación de amistad? —repitió él, arqueando las cejas con desaprobación.

—Interprétalo como quieras —le espetó ella y se cruzó de brazos con gesto defensivo.

—Mi hermano así lo hizo —insistió Conan—. ¿No sabías lo loco que estaba por ti?

—Sí.

—¿Y qué tenía eso de malo, Sienna? ¿Cuando un hombre te ama, te parece que es menos hombre por eso?

—¡Claro que no!

—Entonces, ¿qué te parece? ¿Una molestia?

—¡No!

—Entonces, ¿qué estabas haciendo esa mañana en el piso de otro hombre, si no tenías una aventura con él?

—¿Me creerías si te digo que solo le estaba haciendo una visita?

Conan esbozó una mueca escéptica.

–Quizá, si no hubiera sido tan obvio que habías pasado allí la noche. O si no hubieras mentido a tu marido cada vez que le habías dicho que ibas de compras, llevándote a tu hija contigo como testigo de tu aventura. ¿Por qué le mentías, si es verdad que no hacías nada malo? Respóndeme.

Sienna no podía. Incluso en ese momento, por mucho que le dolieran las acusaciones de su cuñado, no podía revelar la razón por la que había pasado esa noche en casa de Timothy Leicester. Pero, al menos, podía intentar defenderse.

–Le mentí porque no podía mencionar el nombre de Tim sin que Niall se disgustara –admitió ella.

–¿Y te parece raro? –replicó él con expresión incrédula–. En mi mundo, la reaparición de un antiguo novio en escena desagrada a cualquiera a quien le toque el papel de cornudo.

–¡No le puse los cuernos a Niall y Tim no fue mi novio!

–Eso no fue lo que me dijeron cuando te mandé investigar.

–¿Me mandaste investigar? –murmuró ella, arrugando la nariz sin dar crédito. No podía creer que Niall se hubiera sentido tan inseguro como para pedirle a su hermano que la espiara.

–Fue cosa mía –indicó Conan, adivinando lo que ella pensaba–. Muchas personas con las que hablaron mis investigadores aseguraban que Tim y tú estabais hechos el uno para el otro. Les sorprendía que no os hubierais casado. Vuestros amigos, vecinos y conocidos, todos coincidían en lo mismo. Eso no da una imagen demasiado inocente de los dos juntos, ¿no te parece?

–¡Todos querían que fuéramos pareja! ¡Pero nosotros, no! –gritó ella, roja de rabia–. ¡Y tú no tenías derecho a preguntar a mis amigos ni a nadie sobre mi vida privada!

–Tenía todo el derecho del mundo, cuando estaba viendo lo que le hacías a mi hermano –contraatacó él, sin disculparse–. Pero no te preocupes. Las personas con las que hablamos no se dieron cuenta de que estaban siendo interrogadas, ni tu preciosa reputación se puso en entredicho. ¿Qué tienes que decir ahora en tu defensa, Sienna? ¿Todavía crees que puedes convencerme de que no era un antiguo novio?

–¡Está claro que no! –protestó ella, reconociendo que era inútil intentarlo. Las pruebas en su contra eran demasiado sólidas–. Piensa lo que quieras –añadió con un suspiro, apartando la mirada–. Si no me crees, es tu problema. No el mío.

Aunque, en realidad, sí era su problema, admitió Sienna para sus adentros. Por alguna razón que no lograba explicarse, lo que Conan Ryder pensara de ella le importaba. Y mucho.

–¡Lo único que has hecho ha sido sumar dos y dos y no poder probar nada! –le acusó ella. Al girarse hacia él, se quedó un momento callada, embobada al ver cómo el sol pintaba de oro sus ojos y la brisa le revolvía el pelo moreno–. ¡Eso solo demuestra lo estrecho de miras que eres!

–¿De verdad?

En vez de reaccionar con rabia, como Sienna había esperado, él se limitó a esbozar una sonrisa lenta y sensual.

–Quizá nos pase a los dos lo mismo. Igual por eso nos sentimos tan atraídos.

–Tú no me atraes –mintió ella, no muy convencida.

–¿No? Me encantaría refutarlo.

¡Qué estúpida!, se dijo Sienna. Los retos solo eran un incentivo para un hombre como Conan. No pararía hasta demostrar que ella había mentido. Por haber sido una bocazas, iba a tener que sufrir más humillación todavía. Porque él tenía razón. La atraía tanto que, solo con tocarla...

De pronto, Sienna se puso tensa al sentir que deslizaba un brazo por su espada, inclinándose hacia ella.

Ella contuvo el aliento, sin poder evitar derretirse ante su contacto. Podía sentir la sensualidad del roce de la manga de su camisa de seda en la nuca.

–¿Vas a seducirme? ¿Es eso? –le retó ella con voz temblorosa.

Conan rio con suavidad, su cálido aliento en la sien de ella.

–No pareces una mujer fácil de someter. Eres demasiado segura de ti misma como para hacer el papel de la esclava. Quiero tratarte como a una igual, Sienna –le susurró él al oído–. Quiero que me desees. Y que disfrutes al mismo tiempo que me haces disfrutar.

Ni siquiera la estaba tocando, pero sus palabras y el tono de su voz, acompañados por su tentador aroma, bastaban para excitar a Sienna más que nunca en su vida.

Solo pensar lo que le gustaría hacer con ese hombre era el mayor de los afrodisíacos.

Quería ocultar lo que sentía, pero sus pezones endurecidos la delataron cuando él la acarició con suavidad.

Tensa, excitada, ladeó la cabeza hacia él, desesperada por sentir sus labios.

–No voy a besarte, Sienna.

Ella abrió los ojos de golpe, sorprendida no solo por su declaración, sino por la frialdad de su voz.

–Eso te daría la oportunidad de acusarme de haberte seducido.

–¿Por qué no? Es lo que has hecho –repuso ella, sin poder creer lo que estaba diciendo, ni lo distante que se mostraba después de haberla excitado así.

Impertérrito, él se volvió a colocar en su asiento y arrancó el motor.

–Al menos, intenta ser honesta contigo misma, Sienna –aconsejó él antes de salir a la carretera de nuevo–. Ya que no lo eres conmigo.

–Yo no quería que nada de esto pasara –murmuró ella, dándose cuenta de que acababa de admitir su derrota. Era cierto que lo deseaba.

–No te preocupes –dijo él con voz ronca, lanzándole una rápida mirada–. No durará para siempre.

Sienna no lo vio durante un par de días después, pues Conan había salido de viaje a Londres. Pasó el tiempo disfrutando de la compañía de Daisy, jugando con ella y con Sombra en la playa privada de la casa y construyendo una especie de tregua con Avril.

Intentando dejar atrás la amargura pasada, puso a la otra mujer al corriente de la vida de su nieta, le regaló unas fotos de la niña en sus dos primeros años que había llevado para eso y le mostró también otras más recientes que tenía en el móvil.

Incluso animó a la madre de Conan a que la acompañara a dar un paseo por los espectaculares jardines de la casa. Intuyó que los problemas de Avril eran más que físicos, probablemente relacionados con una depresión. Por su experiencia con personas mayores que asistían a sus cursos de gimnasia especializados, sabía que el ejercicio suave podía ser muy beneficioso para ella.

En consecuencia, cuando se fue a la cama esa segunda noche, se durmió sintiendo que su día había merecido la pena... aunque se despertó a la mañana siguiente con dolores en todo el cuerpo.

–Dile a la señora Ryder que es mejor que no me acerque a ella hoy –pidió a la criada, Claudette, cuando la encontró en la cocina–. Creo que estoy incubando algo. Y mantén a Daisy ocupada, por favor –el rogó–. No quiero contagiarlas.

A la hora de comer, Sienna se sentía tan mal que decidió acostarse de nuevo, molesta por haber caído enferma justo en sus vacaciones.

Por la tarde, Claudette apareció en su cuarto con un precioso jarrón lleno de flores variadas.

–De la señora –informó la criada, dejando el jarrón en la mesa circular que había en el dormitorio.

Su habitación estaba sobre la terraza y, por la ventana, podía escuchar hablando a la abuela y la nieta. Sombra estaba acurrucado, dormido a los pies de su cama. Acunada por la suave respiración del animal y reconfortada por el gesto que Avril había tenido con ella al mandarle flores, Sienna empezó a relajarse.

Justo cuando iba a quedarse dormida, un ruido repentino la espabiló.

El perro estaba de pie con actitud alerta. Conan entró vestido con unos elegantes pantalones y una camisa, con la corbata aflojada.

–¿No te encuentras bien?

Desde las almohadas, con el pelo revuelto y las mejillas sonrojadas por la fiebre, Sienna hizo una mueca.

–Lo siento –dijo ella–. Seguro que mañana estaré bien de nuevo.

Él no dijo nada. Se acercó a la cama y le tocó la frente. Fue un contacto suave, aunque su mano era fuerte y fresca. Incluso en su estado, Sienna sintió que se le aceleraba el pulso.

–Estás ardiendo –comentó él, frunciendo el ceño.

–Creo que tengo una especie de gripe –señaló ella. ¿Por qué demonios tenía que ponerse enferma justo en casa de Conan Ryder?, pensó.

–¿Necesitas algo?

Sienna no quería que la compadeciera, ni que la cuidara. Aunque tampoco él se lo había ofrecido, ¿o sí?

–Solo necesito ponerme bien.

Por suerte, Daisy entró corriendo y se lanzó a la cama, rompiendo la tensión.

–¡Mami! –exclamó la niña, abrazándola con fuerza.

–Estoy bien, cariño. Mamá estará mejor dentro de un par de días –aseguró Sienna–. Ve con tu tío Conan –añadió. Con suavidad, se apartó del abrazo de su hija–. No querrás contagiarte, ¿verdad?

La pequeña se puso de pie en el suelo y meneó la cabeza.

–Llévatela, por favor –pidió Sienna al hombre que la miraba con ojos penetrantes.

Él asintió en silencio.

–Mamá no está bien –informó Daisy, corriendo hacia él y agarrándose a una de sus piernas.

–Entonces, dejemos que descanse y se recupere, ¿te parece bien? –propuso él, mirando a la niña con una sonrisa.

Al escuchar la calidez de su voz y ver cómo le daba

la mano a su hija, a Sienna se le formó un nudo de emoción en la garganta.

—Si necesitas algo, díselo a Claudette —indicó él desde la puerta.

Claudette, claro. No él, se dijo Sienna mientras los veía salir. De pronto, Sombra también decidió abandonarla y salió antes de que cerraran la puerta.

¿Acaso había querido que Conan se quedara?, se preguntó a sí misma. ¿Cómo era posible? La única explicación era que el virus le estaba haciendo pensar de forma irracional.

¿Cómo podía esperar que un hombre tan frío y desapasionado como Conan simpatizara con una enferma? Sobre todo, con una a la que consideraba una cazafortunas mentirosa y aprovechada.

Por supuesto, él no volvió a verla en todo el día.

Claudette subió a Daisy para que le diera un beso de buenas noches antes de irse a la cama, seguidas por Sombra. Hasta Avril le envió su mejor zumo de arándanos y un mensaje de buenas noches con otra criada. Pero no hubo más señales de Conan.

Diciéndose que no le importaba, Sienna intentó relajarse. Pero cada vez se encontraba peor. A pesar de que era una noche cálida, no podía parar de temblar. Y no podía dormir, lo que significaba que no podía sacarse de la cabeza la fría indiferencia de Conan.

No la ayudó pensar que él no dudaría en acostarse con ella si tenía oportunidad, lo que solo confirmaba que quería utilizarla para sus fines, sin importarle nada más.

Aunque eso Sienna ya lo había sabido. ¿Por qué estaba tan decepcionada?, se preguntó a sí misma, retorciéndose en la cama presa de la fiebre. Rompiendo su hábito de no tomar medicación, recurrió a dos analgésicos que alguien le había dejado en la mesita de noche junto al zumo de arándanos. Después, el dolor comenzó a ceder.

Se despertó cuando todavía no había amanecido, empapada en sudor, con el camisón pegado al cuerpo como una sábana mojada.

Pero no era el camisón, sino la sábana, reconoció, cuando intentaba quitársela de las piernas, donde la tenía enredada.

Era obvio que, al tomar la medicina, había roto a sudar y le había bajado la fiebre.

Agradecida por encontrarse mejor, salió de la cama sin encender la luz, pues no recordaba dónde estaba el interruptor. Antes de dormirse, había entrado iluminación suficiente desde las farolas del jardín. Pero alguien debía de haber bajado las persianas del dormitorio cuando había estado dormida. No podía ver nada. Necesitaba encontrar un camisón seco cuanto antes, porque estaba quedándose helada.

El día de su llegada, la criada le había deshecho la maleta y le había colocado la ropa en una cómoda. Intentó dirigirse hacia allí, pero todavía un poco atontada, se chochó con la mesa donde estaba el pesado jarrón, que cayó al suelo.

—¡Oh, no!

El agua le salpicó las piernas y, con desesperación, trató de palpar la pared en busca de un interruptor. De pronto, parpadeó cuando la luz del pasillo le dio en la cara. Alguien había abierto la puerta.

—¿Qué diablos...?

Era Conan quien estaba allí, con la cara pintada de una mezcla de sorpresa, preocupación y desaprobación.

–Lo siento –fue lo único que logró decir ella, viendo cómo él posaba los ojos en los pedazos del jarrón que yacían en el suelo–. ¿Era muy caro?

–No te preocupes por eso. ¿Qué estás haciendo ahí en la oscuridad? ¿Y qué...?

Debía de tener un aspecto horrible, adivinó Sienna, compungida, mientras él le recorría con la mirada.

Entonces, ella comprendió que Conan debía de haber estado desvistiéndose cuando había oído el ruido del jarrón, porque solo llevaba la camisa desabotonada y unos calzoncillos.

En circunstancias normales, Sienna no habría podido quitarle los ojos de un cuerpo tan tentador y musculoso. Ni podría haber ignorado sus fuertes muslos, cubiertos de vello moreno. Pero tenía el camisón frío y mojado pegado al cuerpo como una manta de hielo y estaba empezando a tiritar con fuerza.

–Quería encontrar otro camisón –dijo ella, castañeteando los dientes.

–¡Por todos los santos! –exclamó él. Dio dos grandes zancadas hacia ella y le tiró del camisón empapado–. ¡Quítate esto!

Antes de que ella pudiera protestar, Conan se lo sacó por encima de la cabeza y la dejó desnuda allí mismo, con la piel de gallina.

–No es momento para ponerse pudorosa, a menos que quieras ponerte peor –aconsejó él, apretando los labios–. Toma –dijo y se quitó la camisa–. Ponte esto.

Obediente, Sienna medió los brazos en la camisa de seda, que estaba caliente y suave. También olía bien. Como él. A limón y especias.

–Vamos –ordenó él, la tomó del brazo, la llevó a la cama y levantó las sábanas–. Métete dentro y... –comenzó a decir, pero se interrumpió al notar que la ropa de cama estaba mojada también–. ¡No puedes dormir aquí!

Sin darle tiempo a reaccionar, Conan la tomó en sus brazos.

–Tienes que entrar en calor –insistió él, ignorando sus protestas.

Era un milagro que Daisy no se hubiera despertado con tanto ruido, pensó Sienna con aire distraído. Intentó no fijarse en el cuerpo cálido y sólido que la sujetaba y la transportaba por el pasillo.

¡A su dormitorio! Con el corazón acelerado, ella puso los ojos en la enorme cama con sábanas de satén oscuro.

En esa ocasión, cuando Conan le levantó las sábanas para que se metiera en la cama, la siguió al instante. Luego, hizo que ella se girara de lado, dándole la espalda, y la abrazó para darle calor.

Sienna sabía que debía oponerse, pero no pudo. Necesitaba estar justo así en ese momento. El calor de su cuerpo era tan agradable...

Poco a poco, ella dejó de tiritar y se dejó invadir por un dulce estado de calma.

Tenía sueño y se sentía tan... protegida.

Sin darle más vueltas, se dejó caer en un delicioso sueño, sintiéndose segura entre sus brazos.

Capítulo 6

CUANDO se despertó, Sienna estaba sola. La almohada a su lado, un poco hundida, delataba que no había sido un sueño. Además, seguía en el cuarto de Conan. ¡Y en su cama!

Sorprendentemente, de todos modos, se encontraba mucho mejor.

¿Pero dónde estaba él? ¿Y dónde estaba Daisy?

Impulsada por su instinto maternal, salió de la cama al instante y, a medio camino hacia la puerta, se dio cuenta de que todavía llevaba la camisa de Conan. ¡Él se la había dado después de haberla desnudado! Y ella se había encontrado demasiado mal como para pensar en abrochársela.

De pronto, escuchó que alguien llamaba a la puerta y corrió de nuevo a la cama. Justo cuando se había cubierto con las sábanas, Claudette entró.

–Instrucciones del señor Ryder –declaró la criada mientras dejaba una bandeja con el desayuno sobre la mesa.

Había zumo de naranja y café que olía de maravilla. También había cruasanes recién salidos del horno. Su aroma hizo que se le hiciera la boca agua.

Estaba muy hambrienta, pues el día anterior apenas había comido.

–Claudette, ¿dónde está Daisy?

–No estoy segura, señora –contestó la criada, sirviéndole un vaso de zumo–. Ha desayunado con la señora Ryder hace una hora y creo que se ha ido con el señor después.

¿Se la había llevado sin consultarlo con ella y sin llevarla a ver a su madre primero?, pensó Sienna, perpleja, preguntándose por qué había actuado Conan así, cuando siempre parecía tener tan poco tiempo para su sobrina. Por otra parte, se sintió dolida porque le pareció que él estaba invadiendo su terreno.

–¿Puedo traerle algo más, señora? –preguntó Claudette tras un momento.

–No, gracias –contestó Sienna, avergonzada por lo que la joven debía de estar pensando de ella después de haberla encontrado en la cama de Conan–. Ay, sí... ¡Claudette!

La criada se giró desde la puerta.

–¿Puedes traerme algo de ropa? –pidió ella. Estaba pegajosa por el sudor y ansiaba darse una ducha. Pero no quería que nadie más de la casa viera en qué estado había dormido en el cuarto del dueño de la casa.

–Sí, señora.

Diez minutos después, Claudette regresó con ropa interior limpia, una blusa de cuadros y vaqueros, que dejó sobre una lujosa silla con brocado de oro.

–Zapatos, también –dijo la sirvienta, dejándolos junto a la cama, donde Sienna estaba sentada todavía, tapándose con la sábana.

Claudette, sin embargo, actuaba como si estuviera acostumbrada a hacer ese tipo de encargos con normalidad.

Quizá, así era, caviló Sienna, de pronto. Clavándole el diente a un cruasán, se preguntó por qué le molestaba tanto pensar que Conan hubiera llevado a su dormitorio a otras mujeres. Como, por ejemplo, Petra Flax.

–Claudette... –llamó ella, limpiándose la boca. Intentó imaginar qué razón le había dado Conan a su empleada para que ella estuviera en su cama. Por si acaso, de todas maneras, quería dejar las cosas claras.

Sin embargo, en ese momento, mientras la criada esperaba que continuara hablando, Sienna se encogió de hombros y no dijo nada. Era demasiado complicado de explicar.

Cuando se hubo quedado sola, devoró el resto del desayuno y, luego, se dirigió al baño.

Era parecido al que había en su cuarto, aunque la bañera era más grande y los azulejos eran de tonos verdes, más masculinos.

Trató de no darle demasiadas vueltas a la razón por la que él tenía una ducha para dos personas, se sumergió bajo el chorro de agua caliente y se enjabonó el pelo y el cuerpo con jabón que olía a limón.

A Claudette no se le había ocurrido llevarle un albornoz, así que tomó el de Conan cuando terminó. Estaba colgado detrás de la puerta. Era grande y esponjoso y, al ponérselo, la invadió el evocativo aroma de él.

Muerta de ganas de ver a Daisy, se secó el pelo con la toalla a toda prisa. Quería bajar cuanto antes para preguntarle a su suegra dónde se había llevado Conan a su hija. Sin su permiso.

Delante del espejo de cuerpo entero del armario, se peinó y pensó qué podía decirle a él. Era cierto que la había rescatado de pasar una noche muy incómoda y tampoco quería ser desagradecida.

Entonces, la puerta del dormitorio se abrió y la pequeña figura de Daisy entró corriendo.

–¡Daisy! ¡Te he echado mucho de menos! –exclamó Sienna, levantándola en sus brazos. La besó como si hubiera estado meses sin verla, inspiró su aroma infantil y abrazó su cuerpo cálido.

–Le pedí al tío Conan que me llevara a comprar lápices porque se me había acabado el verde y no podía dibujar más –explicó la niña–. Tú estabas dormida y nadie más quería salir conmigo.

–Seguro que estaban ocupados, mi amor –dijo su madre con cariño, intentando ocultar su sorpresa.

–El tío Conan me pidió que te diera esto –indicó Daisy.

Entonces, Sienna se dio cuenta de que su hija llevaba unas flores en la mano. Unas cuantas habían quedado aplastadas por el abrazo. En la otra mano, la niña llevaba su hipopótamo de peluche.

–Dijo que las que te regaló la abuela se te habían caído.

–Ay, mi niña... –dijo Sienna y, tras tomar las flores, volvió a abrazar a su pequeña. En ese momento, se dio cuenta de que Conan estaba apoyado en el quicio de la puerta, vestido con un traje de chaqueta impecable.

–Vinimos a verte antes, pero estabas dormida –explicó él, acercándose–. Pensé que te hubiera gustado salir con Daisy, pero decidí que era mejor dejarte dormir.

–Gracias –murmuró Sienna, avergonzada por haber pensado mal de él. También, estaba sorprendida porque se hubiera molestado por algo tan trivial como un lápiz de dibujar–. ¿No te ha importado llevarla?

Conan se limitó a encogerse de hombros, como si

no tuviera importancia. En realidad, al principio, no había querido llevar a Daisy. Pero, cuando le había dicho a su sobrina que su madre se había encontrado mal y que tenía que seguir dibujando sin el color verde, la niña había respondido indignada que la hierba solo podía ser verde y había empezado a llorar.

—Como la mayoría de las mujeres, sabe bien cómo manipular a la gente —comentó él.

Sienna estaba a punto de darle una réplica a la defensiva, cuando decidió contenerse. Además, estaba demasiado ocupada intentando controlar las reacciones de su cuerpo ante su presencia. ¡Con ese traje tan elegante estaba demasiado imponente!

—¿Te sientes mejor?

—Sí, gracias —contestó ella en voz baja. Al recordar cómo la había desnudado y la había llevado a la cama, se sonrojó—. Fuiste muy amable.

Él rio.

—Es la primera vez que alguien me acusa de eso.

En realidad, el adjetivo amable no encajaba mucho con un hombre como Conan Ryder, reconoció ella para sus adentros con una sonrisa forzada.

—Tío Conan, ¿te vas a casar con mamá? —le preguntó la niña de repente, agarrándose a una de sus piernas.

Sienna se quedó paralizada por el horror.

Conan arqueó las cejas, perplejo.

—¿Por qué preguntas eso?

—Está en tu dormitorio —señaló Daisy, lanzándole una mirada pícara a su madre—. Y lleva puesto tu albornoz.

—¡Es verdad! —replicó Conan con una sonrisa socarrona, posando los ojos en Sienna como si acabara de darse cuenta.

Nerviosa bajo su escrutinio, Sienna se subió las solapas, al darse cuenta de que dejaban ver demasiado escote.

–¿Por qué no vas a enseñarle a tu abuela el libro de colorear y los colores que hemos comprado? –le sugirió Conan a su sobrina–. Seguro que le gusta. Tu madre irá a reunirse contigo enseguida.

Sienna observó aliviada cómo su hija obedecía.

–Gracias –dijo ella y colocó las flores sobre la mesa. Envidiaba la forma en que él parecía inmune a los comentarios de la niña.

–No pasa nada –repuso él con una sensual sonrisa–. ¿Siempre lleva el hipopótamo con ella? –preguntó, haciendo un gesto con la cabeza hacia la puerta.

–Nunca se separa de él –murmuró Sienna, de pronto nerviosa por encontrarse a solas con su anfitrión.

Conan arqueó las cejas pensativo, como si adivinara lo que había detrás de las palabras de Sienna, como si comprendiera que el sencillo regalo que le había hecho a su sobrina en su primer cumpleaños era, desde entonces, su juguete más preciado y eclipsaba a cualquier otro regalo que nadie pudiera hacerle.

Al principio, Daisy no había jugado con el hipopótamo, recordó Sienna. Había sido uno más en el montón de peluches que había tenido en su habitación. De hecho, apenas se había fijado en él durante seis meses... hasta que Niall había muerto. Luego, se había aferrado al muñeco como si hubiera sido un salvavidas, se lo había llevado siempre a la cama, a la guardería, a todas partes, como si de alguna manera representara todo el amor y el consuelo que necesitaba tras la ausencia de su padre. Sin embargo, ella no iba a confesarle a Conan nada de eso.

–Bueno, ya conoces a los niños. Pasan por esta clase de fases, ¿verdad? –comentó ella, encogiéndose de hombros para quitarle importancia.

–No lo sé –repuso él con tono frío–. Yo no tengo hijos.

Durante un instante, Sienna tuvo deseos de preguntarle si quería tenerlos, pero decidió que el tema no era asunto suyo. Además, no parecía la clase de hombre a quien le gustaran los niños.

–Me visto y me voy –dijo ella, acercándose a la silla donde Claudette le había dejado las ropas.

–No te apresures por mí –contestó él y se dio media vuelta.

Debía ir al baño, se dijo Sienna. Era el mejor sitio para vestirse en privado y salir de allí cuanto antes. Lo malo era que no podía quitarle los ojos de encima a Conan, que estaba de espaldas a ella, buscando algo en los cajones de la cómoda.

Allí parada, le recorrió los anchos hombros con la vista, la estrecha cintura, las piernas largas. Las mismas piernas masculinas y fuertes que se habían rozado con ella en la cama cuando la había abrazado para calentarla la noche anterior. Entonces, había tenido demasiada fiebre como para reaccionar, pero en otras circunstancias, no habría podido mantenerse inmune a la calidez de su cuerpo.

Y él le habría hecho el amor.

Sienna recogió las ropas, mientras le subía la temperatura al recordar más detalles sobre la noche. Él le había demostrado preocupación por su bienestar y no había intentando aprovecharse de la situación. Sin embargo, no había podido disimular una innegable erección.

Conan no había hecho más que cuidarla, a pesar de la antipatía que sentía por ella. Era un hombre muy extraño, se dijo Sienna. Entonces, antes de que pudiera pensarlo, salió de sus labios la pregunta que había estado rondándole la cabeza desde que se había despertado esa mañana.

—¿Por qué no ayudaste a Niall cuando te lo pidió?

El ruido del cajón al cerrarse de golpe fue lo único que rompió el tenso silencio.

—Tenía mis razones.

—¿Qué razones? —insistió ella, siguiéndolo con la mirada mientras él se dirigía al armario—. ¿Qué razón puede justificar que no ayudes a tu hermano? ¿Cómo pudiste mantenerte al margen cuando le agobiaba una deuda a la que no podía hacer frente?

—¿A la que no podía hacer frente? —inquirió él, arqueando una ceja con gesto de desaprobación.

Sienna se puso tensa al adivinar que Conan la creía responsable de las deudas de su hermano.

—De acuerdo —dijo él con voz áspera—. Ya que quieres saber la verdad, sí lo ayudé.

—¿Sí?

—Al menos, lo intenté.

—¿Qué quieres decir?

—¿De dónde crees que salió el dinero para comprar vuestra lujosa casa, Sienna? ¿Y para sus inversiones? ¿De dónde crees que salían los préstamos y los avales?

—Pero yo pensé...

—¿Qué pensaste? —la increpó él. Se quitó la chaqueta y comenzó a colgarla en una percha—. ¿Que dejé que mi propio hermano se hundiera?

—Pero Niall dijo...

—Sé muy bien lo que debió de decirte Niall. Y, sí,

es verdad que eso parecía –admitió–. Todo apuntaba a que yo era un bastardo sin corazón.

Eso era exactamente lo que Niall le había llamado, recordó ella.

–Porque sí rechacé ayudarlo. Después –continuó él, cerrando la puerta del armario.

–¿Por qué?

–No te va a gustar saberlo, Sienna.

Ella lo observó acercarse a la mesa y dejar las llaves junto a las flores que Daisy le había llevado.

–¿Por mi culpa?

Conan no respondió. Su silencio hablaba más que las palabras.

–Estaba harto de sostener tu estilo de vida, porque Niall no tenía valor para controlarlo.

–¡Eso no es verdad! ¡Yo nunca le pedí nada! ¡Ni el coche, ni las ropas, ni todos los regalos que me hizo! –se defendió Sienna. Con amargura, recordó como para su marido nada había sido nunca lo bastante bueno para ella–. Niall trabajaba mucho –añadió. Y era cierto. Siempre había estado trabajando, esforzándose por cerrar algún trato beneficioso para la compañía, para hacerse tan rico y respetado como su hermano–. ¡Trabajaba mucho y tú lo sabes!

–Pero gastaba más de lo que ganaba, Sienna.

–¿Y tú decidiste cortarle el suministro porque pensabas que era yo quien me lo gastaba todo?

Por la angustia que percibió en su rostro, Conan estuvo a punto de creer que Sienna decía la verdad y que, en realidad, había ignorado lo que había pasado. Pero, tanto si había sido así como si no, no cambiaba el hecho de que era una mentirosa.

–Cuando cambié de idea y decidí echarle un cable,

ni siquiera quiso hablar conmigo –le informó él con el corazón encogido al recordarlo. Por muy distintos que hubieran sido los dos, siempre había habido un vínculo estrecho entre ellos, alimentado por la necesidad de guía de Niall y el sentido de responsabilidad de su hermano mayor–. Lo intenté varias veces. Pero cada vez que ló llamaba me colgaba el teléfono. Me dijo que lo había arreglado solo.

Y así era, pensó Sienna. Había hipotecado la casa que Conan le había comprado. Y había pedido unos préstamos a intereses altísimos de los que ella había tenido que hacerse responsable tras su muerte. ¿Y todo para qué?

–¿Por qué no me lo dijiste antes? –murmuró ella, aferrándose a las ropas que sostenía en las manos como si fueran un escudo–. ¿Por qué no me lo contaste hace tres años?

–¿Qué habría logrado con eso, Sienna? ¿Lavar mi buen nombre a cambio de manchar la reputación de mi hermano? Sobre todo, cuando su pobre viuda acababa de salir de la cama de otro hombre.

–No fue así –repuso ella.

–Claro que no –negó él, riendo con sarcasmo. No la creía, igual que no la había creído hacía tres años–. Pero no creo que a Niall le habría gustado que su esposa hubiera sabido todo el apoyo económico que había recibido de su hermano.

–¿Y por qué me lo cuentas ahora?

Conan se acercó hasta quedar a solo unos milímetros de ella, clavando en ella su mirada de depredador.

–Creo que sabes por qué.

Sí lo sabía, se dijo Sienna, embriagada por su cercanía, por su aroma, por el brillo dorado de sus ojos.

Inmóvil, dejó que él le tomara de las manos la ropa y la depositara sobre la silla de nuevo, sin dejar de mirarla a los ojos ni un momento.

Cuando la sujetó de la nuca, Sienna contuvo el aliento con el corazón acelerado. Entonces, la atrajo contra su cuerpo. Ella cerró los ojos y echó hacia atrás la cabeza, ofreciéndole sus labios.

Fue un beso suave, gentil. Pero su ternura era más seductora que la más desenfrenada pasión, sobre todo, cuando despertaba en ella el recuerdo de cómo la había tratado esa noche. Sin pensarlo, le rodeó el cuello con los brazos. Deseaba entregarse a él más que nada en el mundo.

Conan respondió abrazándola contra su cuerpo. Luego, deslizó ambas manos dentro del albornoz entreabierto y le acarició las caderas, apretándola contra una poderosa erección.

El roce de las ropas de él en la piel desnuda era una afrodisíaco para Sienna, que comenzó a frotarse contra él, provocándolo. Sus pechos ansiaban recibir atención, igual que sus pezones endurecidos. Sin pensarlo, presa de un sensual abandono, arqueó la espalda, ofreciéndole el torso.

Al instante, Conan leyó su lenguaje corporal y deslizó la lengua entre sus pechos, riendo con suavidad cuando ella respondió con un gemido excitado.

Sujetando ambos pechos con las manos, la hizo esperar mientras los observaba con atención, haciéndola suplicar.

Muy despacio, inclinó la cabeza para meterse un pecho en la boca, luego el otro, saboreando los pezones y explorando la areola rosada con la lengua.

Su cálido aliento sobre la piel mojada por la saliva

añadía más sensualidad a la sensación, incrementando el placer erótico que invadía a Sienna cada vez más.

Envuelta en un mar de deliciosas sensaciones, no pudo seguir negando lo inevitable.

Deseaba a Conan como nunca había deseado a ningún hombre. Quería acostarse con él como la noche anterior, pero sin la barrera de las ropas entre ellos.

A él no le caía bien. Pero ella haría que eso cambiara, se juró a sí misma. Aunque, en ese momento, lo único que importaba era que la deseaba tanto como ella a él.

Llena de excitación, frotó las caderas contra las de su compañero, haciéndolo gemir. Mientras, le recorrió el pecho con ambas manos, palpando por encima de la camisa de seda sus músculos, su fuerte torso.

Quería estar desnuda con él, sentir su piel caliente y sudorosa. Pero, cuando iba a empezar a desabotonarle la camisa, Conan la detuvo, sujetándole la mano.

Sienna podía sentir el galope de su corazón bajo los dedos. Él tenía los ojos oscurecidos por el deseo y la respiración entrecortada.

–No estás lo bastante bien como para esto –murmuró él.

Acto seguido, la levantó en sus brazos y la llevó a la cama, como había hecho la noche anterior. Aunque, en ese momento, cuando ella se tumbó con el cuerpo expuesto entre el albornoz abierto, tendiéndole las manos, él no se acostó a su lado.

Cuando Conan se apartó de la cama y tomó el teléfono de la mesilla, ella soltó un gemido decepcionado.

¡No podía creerlo!

¿Cómo podía ponerse a hacer una llamada en un

momento así?, se preguntó, frustrada. ¿Acaso solo había estado provocándola, riéndose de ella? ¿Solo había querido excitarla para luego dejarla de lado? Si así era, ¿por qué? ¿Como castigo por lo que él creía que había hecho en el pasado?

–Sí, soy yo –dijo él con voz seria y controlada al teléfono–. Ocúpate de Daisy durante un rato, por favor –pidió antes de colgar.

Perpleja, desde la cama, Sienna lo vio alejarse todavía más en dirección a la puerta, sin ni siquiera mirarla. Entonces, echó el cerrojo.

–Ahora... ¿vas a convencerme de que estás lo bastante recuperada? –preguntó él con una sonrisa sensual, regresando a su lado.

Capítulo 7

SIENNA estaba tumbada con las piernas a un lado. El cuerpo desnudo le asomaba por entre el albornoz abierto, que solo le tapaba los brazos y un hombro.

Conan prefirió esperar, a pesar de que su erección le resultaba dolorosa, para poder contemplar el espectáculo. Ella tenía la piel como la seda y estaba más pálida de lo habitual. Todavía tenía los pezones erectos y los pechos le subían y bajaban con la respiración acelerada.

Sin embargo, él decidió contenerse para no lanzarse a sus pechos. Ir directamente a por las zonas erógenas nunca había sido su estilo y tampoco era la clase de hombre que gustara de acelerar las cosas. Además, disfrutaba de provocar y dar, poco a poco, pequeñas recompensas a su amante. En su larga experiencia sexual, nunca había tenido quejas de ninguna compañera de cama.

Ella hizo amago de protestar cuando la agarró de los pies para colocarla con las piernas hacia fuera de la cama, en su dirección. Él se colocó entre ellas, sin dejar de admirar su fina cintura, sus pechos turgentes, sus caderas invitadoras y el vello moreno que cubría su feminidad.

Durante un momento, detuvo la mirada entre sus piernas, en su parte más íntima, antes de volver a mirarla a los ojos y comprobar con satisfacción lo sonrojada que estaba.

Cuando Sienna iba a cerrarse el albornoz, Conan rio y, agachándose, le agarró las manos para poder continuar con su inspección, consciente por el suave gemido que escapó a los labios de ella de que estaba tan excitada como él.

¿La habría deseado su hermano tanto como él? ¿Habría estado al borde de la locura por un cuerpo tan sensual como el que tenía delante?, se preguntó Conan, mientras deslizaba un dedo entre los labios de ella. Sienna le respondió con calidez, abriéndose para él.

¿Siempre la había deseado con tanta pasión? ¿Había sentido por ella lo mismo hacía tres años?, caviló Conan, mientras la acariciaba con el dedo mojado entre los pechos. ¿Era esa la razón por la que siempre se había mantenido alejado? ¿Por qué no había querido creer a Niall cuando le había contado que su mujer le había sido infiel?

Pensativo, sumido en el amargo camino que tomaban sus pensamientos, Conan se desabotonó la camisa, muy despacio. No podía dejar de pensar que esa mujer solo había utilizado a su hermano y que había tenido mucho que ver con su trágico final.

Sin embargo, cuando Sienna alargó los brazos hacia él, Conan supo que corría el mismo peligro que su hermano de sucumbir a sus encantos. Aunque él era mucho más duro y más experimentado que Niall.

Y ella era suya. Podía tomarla una y otra vez hasta

hacerla gritar de placer, se dijo, sintiendo cómo su cuerpo se enfurecía como respuesta. Luego, la abandonaría sin pestañear para darle una lección y enseñarle lo mucho que dolía ser utilizada.

Sienna intentó ayudarlo a quitarse la camisa con dedos demasiado ansiosos. Sin poder evitarlo, se preguntó cómo se comportarían las sofisticadas mujeres a las que Conan estaba acostumbrado.

Pero, en ese momento, estaba con ella. Y, aunque solo fuera durante ese verano, estaba decidida a disfrutarlo. Podían tener una aventura pasajera. ¿Qué tenía de malo? Muchas mujeres lo hacían.

–Conan –dijo ella, pronunciando su nombre como una plegaria, como una súplica. Sin querer pensar en nada más, se dedicó a explorarlo con sus manos, con sus labios, con sus dientes–. Túmbate –pidió, excitada al ver su gloriosa masculinidad.

Riendo, él hizo lo que le pedía.

Sienna lo contempló mientras él yacía boca arriba con los ojos cerrados y una sensual sonrisa.

Despacio, ella le tocó el pecho con la punta de la lengua, siguiendo la línea de vello que desaparecía en la cintura de sus pantalones, mientras se dejaba invadir por su aroma, el sonido de su respiración acelerada, el sabor salado de su piel.

–¿Vas a quitártelos? –preguntó ella, acercando los dedos a los botones del pantalón con los ojos brillantes de excitación.

–Esperaba que lo hicieras tú –dijo él con voz ronca.

Excitada, Sienna comprendió que aquel hombre grande e importante estaba dispuesto a dejar que ella tomara las riendas. Se sentía como una niña a la que le hubieran dado una granada de mano y no estuviera segura de qué hacer con ella. No era lógico, pues había estado casada durante dos años y medio. Pero Niall nunca la había animado a tomar la iniciativa en la cama. Él siempre había querido tener el control, establecer el ritmo y la manera. Había querido una esposa sumisa y complaciente.

Intentando quitarse el recuerdo de la cabeza, Sienna le bajó la cremallera con dedos temblorosos, como una colegiala en su primera vez.

–¿Sueles dejar que las mujeres te desnuden? –preguntó ella, a pesar de que no quería imaginarse a nadie más haciendo lo que ella hacía.

–Eso no es asunto tuyo –la reprendió él con una sonrisa.

No lo era, reconoció ella para sus adentros. Él era tan discreto con sus aventuras de alcoba como con el resto de su vida privada y eso era algo que admiraba.

–Vas a tener que ayudarme.

–¿No me digas? –replicó él con gesto burlón, tumbado y sonrojado por el deseo–. Me decepcionas.

Aunque sabía que Conan lo decía en broma, cuando iba a ayudarla, ella lo detuvo, incitada por su provocación.

–Túmbate –ordenó Sienna.

Conan no llevaba más que unos calzoncillos negros que apenas cubrían su erección. Ella le acarició el bulto oscuro y sonrió con satisfacción cuando escuchó un profundo gemido como respuesta.

–Te enseñaré a que te rías de mí –murmuró Sienna, disfrutando de ese juego sexual que era nuevo y excitante para ella.

–Por favor, hazlo –susurró él con una sonrisa. Tenía los ojos cerrados y el ceño fruncido por el deseo.

¡Conan estaba en sus manos! Sienna casi rio ante la incongruencia de la situación. ¡Era como un león dormido! Entonces, un escalofrío de emoción la recorrió al darse cuenta de que lo único que lo mantenía tan quieto era lo que ella le estaba haciendo.

Cuando le hubo quitado la ropa interior, ella cerró también los ojos y lo acarició. Estaba duro y caliente.

Animada por los gemidos de placer de su compañero, bajó la cabeza y lo probó.

Al sentir el primer contacto de sus labios, Conan se estremeció con violencia. Y ella se excitó todavía más al comprobar cómo le afectaban sus caricias.

Sin embargo, sus nervios y su inexperiencia la delataron cuando, antes de que pudiera pensar sus palabras, confesó su ineptitud. Nunca antes había tenido deseos de hacer una felación, ni siquiera, a su marido.

–Nunca he hecho esto antes.

–Mírame –ordenó él.

Cuando sus ojos se encontraron, Conan percibió en los de ella que estaba avergonzada y supo con certeza que le decía la verdad.

Así que sus previos escarceos sexuales, incluido su matrimonio, no habían incluido dichas intimidades, caviló él, sorprendido. También se sintió halagado porque, a pesar de que esa mujer había sido infiel a su marido y sabía cómo explotar sus encantos, al menos, quedaba una cosa que podía enseñarla. Pero, ese día, no.

–Quizá no sea el momento –señaló él, agarrándola de la mano.

Quizá nunca lo fuera, se dijo Sienna, preguntándose si su confesión le había hecho decidir que no le interesaba estar con una mujer tan poco experimentada.

Desesperada por mantenerlo excitado, le trazó un camino de suaves besos por el abdomen, la cadera, el muslo. Allí se topó con una profunda cicatriz. A su alrededor, había otras más pequeñas.

—¿Cómo te has hecho esto?

De pronto, él se puso tenso.

—Digamos que tuve una diferencia de opiniones con un perro —contestó él con tono frío.

—¿Quieres decir que son mordiscos de perro? ¿Cómo? ¿Cuándo? —inquirió ella, horrorizada, tocándole las cicatrices con la punta de los dedos.

—Estaba en un sitio inadecuado y pagué el precio por ello —señaló él. Y le había ocurrido dos veces. No sabía qué había sido peor, si el violento ataque del doberman o lo que había hecho su padrastro. No quería recordar...—. Fue hace mucho tiempo.

Sin embargo, las cicatrices no habían sanado, al menos, las que llevaba en la memoria, reconoció Conan para sus adentros. Ese recuerdo, unido a la sensación de culpa que lo poseyó por lo que estaba haciendo con la viuda de su hermano, lo dejó frío de golpe.

—¿Conan?

Su suave llamada fue lo único que él necesitó para recuperar el deseo.

Con un ágil movimiento, la capturó entre sus brazos y se tumbó con Sienna, colocándola debajo. Si alguien podía hacerle olvidar su pasado, era ella, se dijo, sorprendido por cómo lo excitaba más que ninguna mujer en su vida.

Ella soltó un gemido de placer cuando sus bocas se

encontraron y sus lenguas se entrelazaron con pasión. Quería perderse en ella, sumergirse en sus encantos y olvidarlo todo. ¿Pero cómo podía una chica como ella empatizar con las torturas de su infancia? ¿Cómo podía comprender los demonios que lo acosaban en el presente?

Sienna dejó escapar un suave gemido, como si la estuviera lastimando. Él se incorporó sobre los hombros. Estaba tumbada sobre la almohada, con los ojos pintados por el deseo, el pelo revuelto pegado a la frente sudorosa, las mejillas sonrojadas.

¿Qué diablos estaba haciendo?, se dijo Conan en silencio. Ella parecía entregada al completo. Frágil, volcada en satisfacerlo... ignorante de que para él aquello no era más que un acto de venganza. Había decidido hacerla pagar por cómo había tratado a su hermano. Era una mujer sin escrúpulos. Aun así, no podía usarla de esa manera, reflexionó, víctima de una repentina sensación de culpa.

—Creo que es mejor que te vistas –indicó él, apartándose–. Yo tenía razón. Esto no es buena idea.

Sienna se incorporó en la cama con aspecto ofendido y confuso.

Cuando Conan la dejó sola, ella no podía comprender qué había hecho mal. Debía de ser por su falta de experiencia y sofisticación. No había sido capaz de excitarlo, pensó.

Se lo merecía, al fin y al cabo, por haberse creído capaz de gustarle a un hombre como él, se reprendió a sí misma. Por su comportamiento de la noche anterior, su opinión sobre Conan había cambiado considerablemente. Aunque era obvio que él seguía viéndola como un ser despreciable. No podía dejar que la to-

mara con la guardia baja nunca más, se prometió a sí
misma.

Daisy estaba ayudando a uno de los jardineros a
plantar flores, cuando Sienna la encontró en el jardín.

Con alivio, comprobó que Conan no estaba cerca.
Sin embargo, le sorprendió encontrar a Avril podando
un pequeño arbusto de flores amarillas junto a la terraza.

Cuando se acercó para saludarla, la mujer mayor
señaló a una mesa preparada con dos sillas y una gran
jarra de zumo de naranja, invitándola a sentarse con
ella.

–Creo que ayer tuviste un accidente –indicó Avril,
sirviendo dos vasos.

Sonrojándose, Sienna se preguntó qué le habrían
contado al respecto. ¡Lo más probable era que supiera también que su hijo había pasado la noche con
ella!

–Sí, siento lo del jarrón –se disculpó ella–. ¿Era
muy valioso?

–No demasiado. Fue un regalo de mi marido cuando
nos prometimos.

–¡Oh, cielos! Lo siento –repitió Sienna, sintiéndose
fatal.

–No te preocupes. No era uno de mis favoritos.
Además, me sorprende que no se hubiera roto antes.

–Sé que no puedo reemplazar su valor sentimental,
¿pero al menos me permitirías comprarte otro? –ofreció Sienna, avergonzada por su destrozo.

–No seas tonta. Como has dicho, es irremplazable.
Así que déjalo –indicó Avril y posó la mano en la de

ella–. Además, si quiero otro, Conan me lo comprará –añadió con cierto tono de tristeza–. Siempre me compra todo lo que necesito.

Sienna se sonrojó solo de escuchar el nombre de Conan, invadida por sensuales recuerdos de lo que había pasado en su dormitorio hacía unos momentos.

–Es un buen hijo.

Avril arqueó una ceja ante su comentario.

–No creas que puedes acercarte a él, Sienna. Muchas mujeres lo han intentado. Y, no te lo tomes a mal, pero eran mucho más maduras y sofisticadas que tú. Todas fueron rechazadas.

–Igual no ha encontrado a la mujer adecuada todavía –replicó Sienna sin pensar. Cuando la otra mujer arqueo una ceja con gesto interrogativo, añadió–: No te preocupes. No tienes razón para temer que te quite a otro de tus hijos.

–Oh, perdí a Conan hace mucho tiempo –repuso Avril–. Por eso, no podía aceptarte tan fácilmente como hubiera debido. Porque me daba cuenta de que estaba perdiendo a mi otro hijo también.

Y había perdido del todo a Niall al final, de una forma absurda y trágica, caviló Sienna, compadeciendo a la otra mujer. Sin embargo, su comentario acerca de Conan le había llamado la atención.

–¿Qué quieres decir con que lo habías perdido? ¿Cómo? Pensé que Conan y tú estabais muy unidos.

–¿Unidos? –repitió Avril con una risita nerviosa. El rostro se le contrajo al instante–. Hacíamos frente común, eso es todo –añadió con amargura. Entonces, le dio un trago a su zumo y se quedó un rato en silencio, mirando al horizonte–. Yo lo decepcioné, Sienna. Y es algo que nunca me perdonaré.

–¿Cómo lo decepcionaste? –quiso saber Sienna, perpleja.

La mujer mayor meneó la cabeza, como si quisiera dejar un tema que era demasiado doloroso o demasiado personal.

–Debes haber hecho algo bien –le aseguró Sienna con una sonrisa–. Si no, Conan no sería el hombre seguro, triunfador y equilibrado que es hoy.

–Bueno... ya veo que se ha ganado tu admiración –comentó Avril con una mirada apreciativa.

Nerviosa, Sienna se sonrojó y trató de cambiar de tema para que la otra mujer no sospechara lo mucho que Conan la afectaba.

–¿Cómo se hizo esas cicatrices?

–¿Cicatrices?

Si Avril había ignorado que Sienna había compartido momentos de intimidad con su hijo, acababa de descubrirlo por su apresurada pregunta.

¿Cómo podía ella saber que tenía esas cicatrices, si no lo hubiera visto desnudo?

–¿Te lo ha contado él?

–Solo me dijo que se las hizo un perro –informó Sienna, decidida a llegar al fondo de la cuestión a pesar de todo–. Me dijo que había estado en el lugar inadecuado.

–En el terreno de un negocio privado que había sido cerrado durante la noche.

–¿Conan? –preguntó Sienna, sorprendida. ¿Había sido un gamberro en su juventud? ¿Un criminal?

–No es lo que estás pensando –le corrigió Avril, leyéndole la mente–. Fue a buscar a Niall, después de que le hubiera advertido de lo que pasaría si saltaba esa valla. Pero Niall había tenido siempre atracción por el peligro, por lo prohibido...

Así era como había sucedido el accidente, pensó Sienna, cuando a la otra mujer se le quebró la voz.

–No se atenía a razones –continuó Avril–. Solo tenía doce años y necesitaba retar siempre a su hermano. Conan tenía diecisiete y, cuando oyó ladrar a los perros y gritar a Niall, saltó de inmediato para ir a buscarlo, sin pensar en su propia seguridad. Uno de los perros...

No hacía falta que continuara. Sienna podía imaginarse la escena con claridad, incluso sin ver el rostro angustiado de su suegra.

No era de extrañar que Conan se hubiera mostrado tan tenso la primera vez que Sombra había saltado encima de él.

–Estuvo dos días en el hospital. Los dos niños quedaron en libertad sin cargos, porque no tenían antecedentes y porque mi marido era un miembro destacado de la comunidad.

–Pero podía haber sido mucho peor –comentó Sienna.

–Sí –afirmó la otra mujer con angustia–. Y todo habría sido olvidado si mi marido no hubiera estado decidido a castigar al culpable. No sabía contener su rabia. Niall estaba demasiado asustado como para contarle la verdad a su padre y Conan no era un chivato. Así que fue él quien se llevó el castigo. Mi marido siempre le hacía pagar a Conan por todo. Y mi hijo aguantó hasta que fue lo bastante fuerte y mayor como para rebelarse. Esa primavera, se fue de casa. No volví a verlo hasta años después, cuando murió mi marido. Como sabrás, Conan no era hijo suyo. Fue fruto de una noche de pasión con un piloto que conocí en unas vacaciones. Yo era ingenua, joven y, durante esa noche, creí que estaba locamente enamorada de ese hombre del que nunca supe el apellido –confesó–. Conan y yo estábamos muy unidos al principio. Luego, cuando me casé y tuve a Niall, mi marido demostraba siempre favoritismo hacia su propio hijo. Conan nunca hacía nada bien a sus ojos. Aunque él nunca me lo ha dicho, sé que me culpa por haber dejado que pasara. Después de todo, yo podía haberme divorciado de su padrastro, haberlo apartado de él. Pero yo temía que, si lo hacía, mi marido me quitaría la custodia de Niall. Y no podía soportarlo. Como ves, sacrifiqué el bienestar de Conan por su hermano. Nunca me lo perdonaré.

Perpleja, Sienna se quedó mirando a su suegra, sin saber qué decir durante unos instantes.

–Quizá es hora de que te perdones a ti misma –señaló Sienna al fin, dándole la mano–. Estoy segura de que tu hijo no piensa nada malo de ti. Si no, no se preocuparía tanto por ti.

–Eres una joven muy sensible...

Una inesperada calidez tintó el rostro angustiado de Avril.

–Nunca imaginé que podrías lograr que te abriera mi corazón. Ni mucho menos soñé con que eso pudiera hacerme sentir mejor. Y tengo que admitir que, desde hace un par de días, me siento mejor. Por eso, no quiero verte sufrir. Sé que te gusta Conan, no tiene sentido que lo niegues –indicó la mujer mayor con una sonrisa comprensiva–. No me sorprende. Pero tengo que advertirte que, si das rienda suelta a tus sentimientos hacia él, no te espera más que dolor. Aparte de eso, tienes que saber que hay otra joven enamorada delante de ti en la cola.

Se refería a Petra Flax, pensó Sienna. Sin embargo, decidió no comentar nada al respecto. Bastante había delatado ya sus sentimientos. No pensaba volver a cometer el error de demostrar interés por él.

–Le deseo buena suerte –murmuró ella y se disculpó con la excusa de ir a ver a Daisy, sin querer admitir la razón por la que se sentía tan hundida.

Capítulo 8

CONAN se despertó en la cama, sudando y temblando. Al principio, pensó que se había contagiado del virus de Sienna. Pero, luego, comprendió que eran los efectos de su sueño.

Llevarla a su casa le había despertado demasiados recuerdos, pensó enfadado. A pesar de lo mucho que la deseaba, estar con ella solo le había servido para recordar a Niall y a los demonios del pasado.

Se levantó y, al ponerse el albornoz, lo invadió el aroma de Sienna y su cuerpo experimentó una erección al instante.

Ella había estado dispuesta a entregarse a él. Sin embargo, la había rechazado. Sus estúpidos escrúpulos le habían impedido aprovecharse de la oportunidad. ¿Pero por qué?

Furioso consigo mismo por el estado de ánimo en que se encontraba, bajó a la cocina sin encender la luz. Abajo, se le erizaron los pelos al notar que no estaba solo. El perro lo había seguido y estaba parado en la puerta, observándolo.

Entonces, revivió imágenes de terror. Unos dientes blancos afilados. Un cuerpo negro lanzándose sobre él desde la oscuridad. El mordisco de unas fuertes mandíbulas. El dolor y el miedo.

—Siempre apareces cuando no eres bienvenido,

¿verdad? –le dijo a Sombra, mientras abría el frigorífico.

Después de tomar una botella de agua fría, se sentó y bebió despacio, tratando de calmar sus pensamientos. ¿Qué sentido tenía que despreciara tanto a la viuda de su hermano y, al mismo tiempo, quisiera compartir con ella su cuerpo y los actos más íntimos que podía imaginar?

Entonces, el perro se acercó a él, ignorante de lo tenso que estaba. ¿O quizá no?

Alerta, Conan observó cómo se aproximaba... hasta ponerle la cabeza enorme y peluda sobre la pierna.

Titubeando, posó una mano sobre el animal y lo acarició. Le sorprendió encontrar consuelo en su cálido contacto.

–Somos parecidos, ¿verdad? –dijo Conan, experimentando de pronto afinidad por el perro. Al fin y al cabo, los dos carecían de pedigrí y de padre. Al menos, eso era lo que su padrastro siempre le había hecho creer. Aunque Sombra había sido rescatado y a él, nadie lo rescataría, se dijo con amargura.

Un ruido le hizo levantar la cabeza hacia la puerta.

–¿Interrumpo algo personal? –preguntó Sienna, tan sorprendida como divertida–. ¿Queréis que os deje a solas?

Llevaba una bata corta de lunares, cerrada sobre un camisón a juego.

–¿Y tú qué haces? –replicó Conan con un atisbo de sonrisa en los labios, señalando con la cabeza al perro que acababa de abandonarlo por su dueña–. ¿Es que no puedes dejar a un hombre hacer sus cosas, sin invadir su privacidad?

–Oí ruidos. Me levanté a ver si Daisy estaba bien

y vi que Sombra no estaba. Solo quería ver dónde había ido. Pero si quieres que me vaya...

–Quédate.

–Creí que habías dicho... –comenzó a decir ella, sorprendida por su orden–. ¿Me estás pidiendo que me quede?

–Sí.

Sienna accedió, aunque decidió sentarse en el lado opuesto de la mesa.

–¿Quieres beber algo? –ofreció él.

Ella negó con la cabeza. Tenía la boca seca, era cierto. Pero no era agua lo que su cuerpo ansiaba.

Conan se apoyó contra el respaldo y cerró los ojos. Parecía agotado, observó ella. Y una vulnerabilidad poco común se dibujaba en su expresión.

Tenía todo lo que a una mujer le volvería loca, decidió, contemplándolo. Era fuerte, alto, tenía un aura de autoridad, dotes de líder. Sin embargo, el aire de derrota que destilaba en ese momento hizo que a ella se le encogiera el corazón.

–¿Qué te pasa? –preguntó Sienna, sin poder contenerse.

–¿Es que tiene que pasarme algo? –preguntó él a su vez, abriendo los ojos de golpe–. ¿Acaso me conoces tan bien que crees que puedes detectar cualquier cambio sutil en mí?

–No creo que ninguna mujer pueda conocerte tan bien, Conan.

–¿Tan complicado crees que soy? –inquirió él.

–Sé que sí.

–¿Y te consideras cualificada para indagar en mi interior?

–No sabía que hicieran falta cualificaciones –señaló ella–. Aunque tampoco me interesa intentarlo.

–Ahora te has enfadado.

–No.

–¿No?

–Hace falta más que eso para enfadarme.

Por el tono de su voz, sin embargo, Conan adivinó que había algo que la afectaba. Por otra parte, le gustaba que ella estuviera siempre dispuesta a retarlo. Estaba acostumbrado a que las mujeres le dieran la razón en todo, no como aquella señorita que tenía delante.

Apoyada sobre la mesa, Sienna no era consciente de que la postura le abría la bata y dejaba al descubierto su escote, por el que podía entreverse la curva de sus preciosos pechos.

La deseaba, reconoció Conan para sus adentros. Incluso aunque ella lo estuviera observando con una mezcla de inocencia, asombro y angustia en los ojos.

–¿Por qué me miras así?

Sienna contuvo el aliento un momento. Abrió los labios, pero tardó en emitir sonido, temblando ante la perspectiva de decirle lo que le quería decir.

–Yo solo... Avril me contó lo que pasó cuando te atacó ese perro. Y me habló de tu padrastro, de lo que pasó después.

Un relámpago de rabia atravesó los ojos de Conan. Enseguida, fue reemplazado por una expresión de amargura.

–¿Qué te ha contado? ¿Que me maltrataba física y mentalmente? –preguntó él, poniéndose en pie–. ¿Que me hizo pagar con creces por haberme dado un techo y un apellido?

–Lo siento –musitó ella, estremecida–. Me dijo que

se sentía culpable por no haberte ayudado. Que dejó que te maltratara por miedo a perder a su otro hijo. Ese pensamiento la tortura, Conan.

–¿De verdad? –repuso él con la mandíbula tensa–. ¿Qué más te ha contado? ¿Te ha dicho que la pegaba a ella también? ¿Que la castigaba cada vez que se ponía de mi lado? Lo hizo una y otra vez, hasta que fui lo bastante mayor como para defenderla y dejarlo noqueado.

Sienna se quedó pálida, incapaz de imaginarse a un hombre como Conan perdiendo los nervios de esa manera.

–Veo que eso no te lo ha dicho –continuó él, observando el gesto de incredulidad de Sienna–. Si no me hubiera ido, lo habría matado. La vida era un infierno para todos, hasta que me fui. Mi madre tenía que pagar por defenderme y Niall estaba en medio –recordó, furioso–. Desde que dejé a mi padrastro tener lo que quería, su hijo y su mujer para él solo, creo que la paz reinó en su hogar. Parece que yo era la fuente de todo el problema.

El horror implícito en sus palabras conmocionó a Sienna. Se puso en pie y, dejándose llevar por su instinto, posó la mano en la mejilla de él.

–Lo siento mucho –dijo ella con sinceridad, atragantada por lo hondo de sus emociones.

–¿Es esa la razón por la que me estabas mirando así? –quiso saber él, esbozando una sonrisa burlona–. ¿Por lástima?

–Creo que sería una tontería sentir lástima por ti, Conan. Y que lo tomarías como un insulto –contestó ella, mientras posaba las manos en los hombros de él, maravillándose por cómo un hombre tan fuerte podía contener tanta angustia en su interior.

En esa ocasión, la sonrisa de Conan fue sincera, cálida y sensual. A ella le dio un brinco el corazón cuando
le tomó la mano y la besó en la muñeca con suavidad.

—Buena respuesta —dijo él.

Sienna no podía apartar los ojos de él, hasta que
sus bocas se encontraron. Sus labios y su abrazo estaban tan llenos de ternura que ella se emocionó. Porque
lo que necesitaba en ese momento era justo eso, ternura. Igual que le sucedía a él, comprendió, derritién-
dose mientras sus lenguas se entrelazaban.

—Oh, Conan...

—Aquí, no —le susurró él, mientras la besaba la cara,
el cuello—. Tu sitio está en mi cama. No quiero tomarte aquí, de cualquier manera, a toda prisa, arries-
gándonos a que alguien nos sorprenda. Mereces todo
mi tiempo y mi atención.

Sin embargo, a Sienna no le importaba que los des-
cubrieran. Más bien, ansiaba que todo el mundo supiera que ese hombre era su amante.

Y, si se sentía de esa manera, lo más probable era
que...

¿Lo amaba?

¿Cómo era posible? Se había prometido a sí misma
permanecer inmune a su atractivo.

Con un suspiro, ella hundió el rostro en el hombro
de él, mientras la tomaba en brazos sin ningún esfuerzo y la llevaba escaleras arriba.

¿Sabía él lo que sentía?, se preguntó Sienna. ¿Cómo
podía ocultarle sus emociones, cuando su cuerpo la delataba por su desesperado deseo de estar junto a él y
recibir su atención?

El dormitorio estaba en la penumbra. Por la ventana se colaba la luz de la luna llena. Sienna no nece-

sitaba más iluminación que esa. ¿Para qué si, después de todo, estaba ciega? Decían que el amor era ciego y no había otra explicación para su forma de comportarse. Sobre todo, después de que la persona que mejor conocía a Conan en el mundo le había advertido que no se implicara con él.

–Esto empieza a convertirse en una costumbre –comentó él con una sensual sonrisa, cuando la dejó sobre su cama con suavidad.

–Sí –musitó ella con la respiración entrecortada, decidida a entregarse a cualquier cosa que él quisiera hacer, a convertirse en lo que él quisiera que fuera.

¿Cómo podía ser tan tonta?, se dijo a sí misma en un atisbo de cordura. Sin embargo, había llegado demasiado lejos y su mente no quería escuchar. Menos aun, su cuerpo.

Sin querer pensar en nada más que en el deseo que la inundaba, le dio la bienvenida con sus brazos cuando Conan se tumbó a su lado, después de quitarse la bata.

–Hazme el amor –rogó ella, ofreciéndose con un abandono que nunca le había ofrecido a su hermano. Al menos, no con el ardor de aquella pasión compartida.

Entonces, Conan la envolvió con sus labios, con sus manos, haciéndola olvidar el resto del mundo, hasta que ella se creyó a punto de explotar si no le daba la liberación y compleción que necesitaba.

Llegaron al clímax juntos, estremeciéndose en un abrazo mutuo y gemidos de placer.

Fue una experiencia tan conmovedora que, cuando las últimas contracciones del orgasmo cedieron, a Sienna se le llenaron los ojos de lágrimas y comenzó a sollozar. No habría podido contenerse ni aunque le hubiera ido la vida en ello.

Se desahogó entre los brazos de su amante.

–Lo siento. Lo siento mucho –murmuró ella, avergonzada e intentó levantarse.

Conan la sujetó con suavidad y se incorporó un poco para poder mirarla a los ojos.

–¿Qué te pasa? –preguntó, preocupado.

Sienna meneó la cabeza, incapaz de responder. ¿Cómo podía decirle a un hombre que tan baja opinión de ella tenía que hacer el amor con él había sido la mejor experiencia que había tenido en sus veintiún años? ¿Cómo podía decírselo sin confesarle que se estaba enamorando? Solo una tonta haría eso, después de todo lo que había pasado entre los dos.

Secándose la cara, intentó recuperar la dignidad y el control de sí misma.

–¿Siempre lloras así después del sexo? –inquirió él, sorprendido.

–¿No lo hacen todas las mujeres? –replicó ella, agarrando el pañuelo inmaculado que él le tendía, después de haberlo sacado del cajón de la mesilla.

–No.

Ella sonrió y se sonó la nariz.

–Entonces, debe de ser por el efecto que causas en mí.

–Está claro –afirmó él con una sonrisa llena de asombro. ¿Qué quería decir Sienna? ¿Que no había actuado de la misma manera con los otros hombres que había conocido?–. ¿Qué sucedió entre mi hermano y tú? –preguntó, sin pensarlo.

Al principio, Sienna no respondió. Era un tema demasiado personal. Además, Conan seguía pensando qué había tenido un amante durante su matrimonio.

—Teníamos problemas —admitió ella al fin—. Al final, siempre estábamos discutiendo.

—¿Sobre qué?

—No lo sé —repuso ella, encogiéndose de hombros—. Por el dinero. Por Daisy. Por su afición al alcohol —explicó, recordando cómo Niall siempre había acabado disculpándose, para volver a repetir los mismos patrones una y otra vez.

—¿Sienna? —llamó él. Observando cómo se le había puesto el cuerpo rígido, adivinó que ella estaba librando una dolorosa batalla interior.

Con suavidad, alargó los brazos hacia ella. Y ella se dejó abrazar.

—Creo que el peso de la responsabilidad era demasiado para él —murmuró ella, sumida en sus recuerdos—. Siempre estaba trabajando —añadió, pensando que su obsesión por competir con su hermano había sido lo que le había empujado a ello—. Hasta dejamos de hacer el amor. Yo pensaba que era culpa mía, porque estaba cansada después de cuidar a Daisy todo el día. Y creía que la maternidad me había quitado el atractivo.

Conan rio con incredulidad.

—¿Bromeas? El embarazo te hizo florecer y te aseguro que sus efectos persistieron —aseguró él, conteniéndose para no confesarle lo mucho que había envidiado a su hermano. Igual que lo había envidiado cuando, de niño, había hecho todo lo posible para ganarse el afecto de su padrastro, sin haberlo logrado jamás—. Yo te deseaba, Sienna.

Ella se sonrojó al escucharlo.

–Y era mutuo, ¿verdad?

Entonces, sin poder evitarlo, Conan se preguntó si ella lo había deseado a él en especial o si, a falta de sexo con su marido, Sienna había estado dispuesta a lanzarse a los brazos de cualquiera. ¿Por eso había elegido un amante mientras había estado casada?

–Dime la verdad –exigió él. De pronto, le resultaba imperativo saberlo.

–Me abrumabas, eso es todo –contestó ella, incorporándose en la cama. No pensaba confesarle toda la profundidad de sus sentimientos. Ni admitir lo que había experimentado cuando la había tomado entre sus brazos en el baile aquella noche. Una cosa era ser sincera y otra muy distinta era ser estúpida, se dijo–. Sé que no me vas a creer nunca. Pero no le fui infiel a tu hermano.

Conan bajó la vista, ocultando sus pensamientos.

¿La creía?, dudó ella, ansiando con desesperación que así fuera.

–La madre de Tim y mi padre eran primos lejanos. Estaban muy unidos y solíamos ir de vacaciones todos juntos. Cuando los padres de Tim se mudaron a España, él solo tenía diecisiete años y quería quedarse en Inglaterra. Mis padres se ofrecieron a que se quedara con nosotros. Solíamos salir de noche juntos o al cine. Éramos de la misma pandilla de amigos –explicó Sienna. Tim había sido como un hermano mayor para ella–. Cuando mis padres se mudaron también a España y yo me fui a vivir sola, le pidieron que me cuidara. Nunca hubo nada más entre nosotros –aseguró con vehemencia.

Para Timothy Leicester, no había habido nadie más que Angie Thompson, de quien había estado enamorado desde el colegio.

–Para mí era como un hermano y su novia era como una hermana, hasta que se fue a Brasil para luchar por salvar la selva amazónica. Cuando te presentaste en casa de Tim esa mañana para contarme lo que le había pasado a Niall, sé que todo apuntaba a otra cosa, a pesar de lo mucho que intenté explicarte qué hacía allí.

Lo único que Conan había visto al llegar había sido un piso de un dormitorio, con una cama deshecha y ropas de hombre por el suelo.

–Angie estaba en Brasil y Tim iba a reunirse con ella. Yo... –continuó Sienna, interrumpiéndose porque no podía confesarle la razón verdadera de su comportamiento, a pesar de que la liberaría de toda culpa a sus ojos–. Quería verlo antes de que se fuera. Cuando me presenté allí con Daisy y decidí quedarme a dormir, nos dejó el dormitorio a la niña y a mí y él durmió en el sofá. A la mañana siguiente, cuando llegaste y me diste la noticia, estaba demasiado conmocionada como para hilar dos palabras seguidas –añadió. También había estado afectada por los acontecimientos que la habían llevado hasta Tim ese fin de semana, aunque eso no podía decírselo–. Además, tenía miedo de ti –admitió–. Ya te he dicho que me abrumaba tu presencia.

Conan asintió despacio. Parecía aliviado. ¿Pero por qué?, se preguntó Sienna. ¿La creía al fin? ¿O era solo alivio porque no se había acostado con el enemigo?

–¿Y ahora, Sienna? ¿Todavía te resulto abrumador?

La sensualidad de su voz y la forma en que la miraba con ojos brillantes de deseo hizo que a ella se le incendiara la sangre.

–No, ahora te tengo justo donde quería –señaló ella

con tono provocador, empujándolo del pecho para que se tumbara.

Muy despacio, lo cubrió de besos, deteniéndose solo para contemplar esas cicatrices que delataban la clase de hombre que era.

Era valiente y honrado, pensó Sienna. Si no, no hubiera demostrado tan alto sentido de la responsabilidad hacia su hermano menor. Y no solo con esos perros, sino con todo, caviló, con el corazón henchido de emoción.

Como no podía confesarle sus sentimientos con palabras, se consoló con tocarlo. Posando la mano en su parte más íntima, comprobó con satisfacción cómo él la deseaba, su mirada candente como el fuego.

Entonces, lo saboreó como había querido hacerlo la primera mañana que se había despertado en su cama, llevándolo al borde de la locura hasta que, al fin, se rindió al poder de su feminidad.

Capítulo 9

LOS días que siguieron fueron una pequeña tregua de felicidad para Sienna. Era como vivir en una burbuja, sabiendo que todas las burbujas acababan estallando.

Sin embargo, se permitió a sí misma disfrutar del momento, sentirse como en una nube, alimentada por el insaciable deseo que ambos compartían, por el fuego de su atracción.

Conan se sumergía en ella con una pasión desenfrenada, cada vez que por fin podían quedarse a solas, después de atender las exigencias de su trabajo o disimular en presencia de Daisy y Avril. Cuando la niña estaba ocupada con Claudette o con su abuela, siempre que podían, se entregaban el uno al otro en algún lugar oculto en la playa o en el yate que Conan tenía en el puerto. Entonces, le hacía el amor con urgencia y sin preámbulos, volviéndola loca con la certeza de que la deseaba con cada átomo de su ser. Igual que ella a él.

En otras ocasiones, en la quietud de la noche, entre las sábanas de satén de la cama de Conan, el mundo desaparecía a su alrededor, cuando él la amaba despacio, con la calculada eficiencia de un experto, haciéndola experimentar lo que era un orgasmo múltiple una y otra vez.

Sienna solía despertarse a la mañana siguiente con las mejillas sonrojadas y ojos brillantes como zafiros, después de una noche de pasión estremecedora, ansiando sentir de nuevo sus labios y sus manos por todo el cuerpo.

Conan, por otra parte, lograba mostrarse impasible, sobre todo, cuando estaban en presencia de otras personas. Sin duda, era su discreción la causa de que Daisy, Avril y todo el mundo ignoraran su aventura.

Porque aquello era una aventura, reconoció Sienna. No era tan tonta como para ignorarlo. No esperaba volver a casarse con nadie, menos con un hombre como Conan, al que no tenía nada que ofrecer.

Sin embargo, cuando su relación terminara, ¿cómo iba a ser capaz de mantenerse indiferente cada vez que lo viera? No podría borrarlo de su vida con tanta facilidad, pues había aceptado llevar a Daisy a ver a la familia de su padre todo lo a menudo que le permitiera su trabajo. Eso mismo le señaló Avril una tarde, cuando estaban cortando juntas algunas rosas del jardín.

—Espero que sepas lo que estás haciendo, Sienna.

Sobresaltada, Sienna levantó la vista de las flores y, sin querer, se pinchó en un dedo.

—Por el bien de todos —añadió la mujer mayor.

Sienna apartó la cara para ocultar lo mucho que se había sonrojado y se chupó el pinchazo, que le supo casi tan amargo como la advertencia de su suegra.

—Nunca impediré que sigas viendo a Daisy —prometió ella, un poco temblorosa. Sabía que, para Avril, su nieta era una razón para vivir. De hecho, estaba de mejor ánimo, tenía mucho mejor aspecto que el primer día y más fuerzas para hacer cosas. ¿Iba a poner todo eso en jaque solo por su propio egoísmo?

Estaba actuando como una idiota. Lo sabía desde la noche en que había ido a buscar a Sombra a la cocina y había dejado que Conan la llevara a la cama. Desde entonces, día tras día, cuando se había quedado a solas con su conciencia, se había repetido que debía ponerle fin a aquello antes de que escapara a su control. Pero no podía, admitió, avergonzada por su propia debilidad. La situación ya había escapado a su control.

Una parte de ella había estado enamorada de Conan desde hacía mucho tiempo, aunque no había sido consciente de ello hasta esa noche. Cuando había descubierto lo infeliz que había sido su infancia, lo cruel que había sido su padrastro y lo aislado y solo que él debía de haberse sentido. Entonces, su instinto había sido consolarlo, cuidarlo.

Sin embargo, si Conan no hubiera sufrido de esa manera de niño, quizá, no habría sacado la fuerza de voluntad necesaria para triunfar como lo había hecho. Sin duda, su infancia le había dotado de esa determinación y fuerza de carácter, aunque igual le debía algo a su padre, ya que Avril tenía tendencia a sucumbir a los problemas sin plantarles cara.

Por todo lo que había vivido, Conan no dejaba que nadie se le acercara. ¿Qué derecho tenía ella a pensar que podía hacerle cambiar? Ninguno. Aun así, a pesar de todo lo que sabía y de las advertencias que Avril le había hecho, no podía evitar acariciar la esperanza de encontrar a su lado el amor verdadero.

La última tarde de la visita de Sienna la pasaron haciendo el amor en el dormitorio de Conan. Avril se había llevado a Daisy a una feria infantil en un pueblo vecino, acompañadas por Claudette.

Relajada y satisfecha, sonrió desde la cama cuando Conan regresó con una bandeja. Vestido con una camisa blanca desabotonada y unos pantalones color crema, parecía el sueño de cualquier mujer.

Se habían saltado la hora de comer y estaban muertos de hambre. El olor a pan recién tostado le hizo la boca agua, junto a los tonos blancos y dorados de varios quesos selectos.

–Dime. ¿Cuál te gusta? –preguntó él, señalando al plato.

–Tú –contestó ella, sintiendo que era muy erótico estar desnuda cuando él estaba vestido.

–Eres incorregible. Toma –dijo él, tendiéndole una copa de vino tinto mientras la recorría con mirada abrasadora.

–Si lo soy, es por tu culpa. Tú me haces desearte, Conan Ryder –dijo ella con tono provocador y le dio un trago a su copa de vino–. ¿No te da vergüenza?

Conan sintió cómo se excitaba de nuevo sin remedio. Sin embargo, había cosas que debían hablar primero.

–No hagas eso.

Sienna tenía la cabeza inclinada hacia delante y, mientras pasaba la lengua por el borde de la copa, lo miraba con picardía.

–¿Por qué no? –preguntó ella con aspecto inocente.

–Porque si no paras, me veré obligado a hacer algo de lo que me puedo avergonzar.

–¿Como enviarme a la cama sin cenar? –replicó ella con una risita provocadora–. ¿Es eso lo que haces con las chicas que se portan mal?

–Sienna... tenemos que hablar –dijo él de pronto, quitándole la copa de la mano.

Su voz sonaba muy seria, como la de un médico a punto de decirle a su paciente que iba a morir.

–Estamos hablando –murmuró ella, sin querer mirarlo a los ojos para no enfrentarse a lo inevitable.

Al día siguiente, Daisy y ella volverían a su casa. Lo más probable era que Conan quisiera recordarle que su romance de verano había terminado.

–No te enamores de mí, Sienna.

¿Por qué no?, quiso gritar ella. Pero conocía la respuesta. Los hombres como él no amaban a las mujeres como ella. Si las sofisticadas féminas con las que solía relacionarse no habían conseguido traspasar sus escudos, ¿qué esperanzas tenía una chica de origen humilde?

–Ni lo sueñes –repuso Sienna, fingiendo desapego.

–Lo digo en serio –insistió él–. Si lo haces, sufrirás.

Conan recordó cuando, hacía cuatro semanas, había tenido la intención de tener una aventura con ella. Solo había querido librarse del descarnado deseo que sentía. Pero no había sido tan sencillo. Cuanto más la había saboreado, más había querido probar. Y ella había parecido siempre dispuesta a darle más. Para colmo, había descubierto que en vez de comportarse como una pequeña mentirosa, como había esperado, Sienna se había mostrado abierta, honesta y muy distinta de la mujer que había creído que era.

No tenía nada que ver con la posesiva criatura que había exhibido como trofeos sus joyas y ropas de diseño hacía tres años. Se vestía con sencillez y no parecía interesada en las tiendas lujosas por las que pasaban de vez en cuando. Y, cuando él las había sacado a comer, ella siempre había insistido en pagar su parte y la de su hija.

Era una mujer orgullosa e increíblemente deseable. También le estaba haciendo cuestionarse sus propias acciones y eso no le gustaba. Como un tonto, corría el peligro de darle entrada a su corazón. Y, aunque no quería lastimarla, tampoco quería implicarse con ella.

Cuando se volvió hacia ella, Sienna se estaba vistiendo junto a la cama.

—¿Por qué me miras así?

—¿Cómo? —preguntó ella, abotonándose la blusa.

—Como si fuera el lobo malo y tú, Caperucita Roja.

Lo cierto era que Sienna se sentía como Caperucita. Perseguida, capturada, devorada. Aunque se dijo que ella había sido, también, parte activa en sus escarceos, no le sirvió para sentirse mejor.

—Siento si te he decepcionado. No soy el hombre sentimental de blando corazón que tal vez creíste que era.

El sol se reflejaba en el pelo moreno de Sienna, dándole brillos rojizos.

—¿Blando? ¿Tú? Creo que cualquiera estaría loco si pensara que eres blando —repuso ella, soltando una risa burlona.

—Entonces, ¿qué es lo que te molesta, Sienna?

Lo que la molestaba, pensó ella, era que lo amaba.

—Nada —murmuró, encogiéndose de hombros.

Conan no podía verle la cara, pues se había dado la vuelta para arreglar la cama. Solo podía ver cómo le realzaban el pequeño y apetitoso trasero los pantalones vaqueros.

—Nunca te he mentido ni te he dado ninguna razón para esperar más de mí —continuó él.

–¿Acaso te lo he pedido? –replicó ella, sin girarse, al mismo tiempo que sacudía una almohada con fuerza innecesaria.

–No –dijo él, pensativo. Lo había estropeado todo, se reprendió a sí mismo. Debería haber tenido esa conversación con ella hacía semanas–. No te estoy sugiriendo que pongamos punto y final a lo que tenemos.

–¿De veras? –le espetó ella, apretando la otra almohada contra su pecho–. ¿Qué es lo que tenemos, Conan? ¿Sexo de primera?

–Tienes que admitir que es bastante espectacular –contestó él con una ligera sonrisa.

Era más que eso, se dijo Sienna. Habían estado obsesionados el uno con el otro. Al menos, en la cama.

–¿Quieres que sigamos como estamos? ¿Sin ataduras?

–Si tú estás dispuesta. Solo quiero ser sincero, para que sepas desde el principio cómo están las cosas y puedas tomar una decisión. Debes saber que no voy a casarme contigo.

No podía ser más claro y directo, pensó ella.

–¿Quieres que sigamos viéndonos, siempre que nuestra relación sea solo física?

–No tienes por qué expresarlo con tanta frialdad –señaló él y tomó su vaso de vino, que todavía no había probado.

–¿No? ¿Y qué esperabas? ¿Mi gratitud? Para tu información, Conan Ryder, yo tampoco quiero casarme contigo. Para que lo sepas, ya disfruté bastante gloria marital con tu maravilloso hermano. ¿Por qué iba a querer atarme ahora a ti?

Por supuesto, reconoció Conan. Sienna no había

vivido tiempos muy felices con su hermano. Pero estaba seguro de que, aun así, ella lo decía por orgullo. Eso le hizo querer abrazarla y hacerle el amor en ese mismo momento. Sin embargo, de pronto, se puso furioso con ella por hacerle sentir tan culpable.

–Además... Si accediera a lo que me sugieres, algo que no he hecho, ¿no te preocupa que acabe enamorándome de ti? O algo peor –prosiguió ella, lanzando los ojos al techo con una risa fingida–. ¡Podrías enamorarte tú de mí! ¡Dios no lo quiera!

–¡Para, Sienna! –pidió él. De pronto, no podía soportar verla fingir. Hubiera preferido que llorara o que lo acusara de haber abusado de ella–. No pienso enamorarme nunca de ti. Eso no sucederá. ¿Me he expresado con claridad?

–Sí –afirmó ella, aunque no pudo evitar que le temblara la voz. ¿Qué le importaba?, se dijo a sí misma, esforzándose por mantener la calma. Después de todo, se había prometido a sí misma no comprometerse con ningún hombre nunca más. Sin embargo, no podía dejar el tema así como así–. Al menos, ¿podrías explicarme qué te da tanta superioridad sobre el resto de los mortales como para estar seguro de que no te vas a enamorar?

Ella no tenía nada que ver con su círculo social. Todavía la despreciaba. Lo satisfacía en la cama, pero no satisfacía sus necesidades intelectuales. Distintas posibilidades bombardearon la mente de Sienna, cada una peor que la anterior. O, tal vez, era solo porque estaba enamorado de Petra Flax.

–Provengo de una familia rota –señaló él, subiéndose la cremallera del pantalón–. No pienso colocarme en ese infierno nunca más –puntualizó lleno de amargura.

–¿Qué quieres decir? –preguntó ella con el ceño fruncido. ¿Él esperaba que cualquier relación que pudiera formar acabara como la que había presenciado en su casa de pequeño?

–No tengo intención de convertirme en padrastro del hijo de otro hombre –aseguró él–. Ni siquiera si ese niño es mi sobrina.

Sienna se quedó paralizada. Perpleja.

–No espero que lo entiendas. Confía en mí. Sería demasiado complicado.

Sin embargo, ella no podía dejarlo así. Aunque tampoco estaba dispuesta a confesarle sus sentimientos.

–Yo no he dicho que quiera algo más, pero tal vez otra mujer, sí. ¿Cómo iba Daisy o cualquier otro niño a complicar las cosas?

Conan pensó en su solitaria infancia, en el miedo de su madre a demostrarle amor, en los celos y las lealtades divididas que habían destrozado su familia.

–Algún día, igual quiero tener mis propios hijos. Y los vínculos de sangre suelen crear favoritismos... y celos. ¿Podría permitir que el hijo de otra persona ocupara el segundo lugar respecto a mi propio hijo? ¿O me esforzaría tanto por evitarlo que acabaría perjudicando a mi hijo? Me casaré algún día, pero no voy a arriesgarme a convertirme en el tipo de padre que mi padrastro fue para mí.

–¿Te preocupa que puedas ser como él en más aspectos? –inquirió ella, ansiando poder comprenderlo–. ¿Crees que, a causa de tu educación, termines tratando a tu mujer e hijos de la misma manera que hizo él con vosotros?

–¿Golpeándolos? –dijo él, horrorizado–. No. Detesto la violencia. No creo que haya nada que no pueda ser resuelto con diplomacia y comunicación. Pero un niño necesita a su propio padre y cualquier otra cosa solo sería un pobre sustituto.

Sienna comprendió que era sincero y entendió también lo mucho que le había herido su infancia. Sin embargo, no pudo evitar pensar en lo equivocado que estaba. En su caso, había sido el padre de Daisy quien había gritado a su hija hasta hacerla llorar de miedo, tanto que ella había temido ir a dormir a casa con su bebé.

–A mí me da igual, pero me parece que para un hombre de tu inteligencia es un enfoque muy estrecho. ¿Crees que todas las familias donde hay un padrastro sufren el tormento que padeciste tú? ¿Opinas que, cuando un niño pierde a su padre, no tiene derecho a tener a un sustituto que lo quiera en ese papel paterno?

–No –negó él con el corazón acelerado–. Lo que digo es que, en mi caso, no saldría bien. Y, si crees que mi visión es muy estrecha, es la única que tengo.

Era una desgracia para ella, si es que había albergado esperanzas de tener una relación seria con él. Por otra parte, le dolía ver su sufrimiento, su amargura y los traumas que no había superado de su infancia.

–Supón que algún día te enamoras de alguien que tiene un hijo.

–Eso no pasará.

–¿Cómo puedes estar tan seguro?

–Porque tendré cuidado en no mezclarme con ella desde el principio.

–¿Y qué pasa conmigo? –exigió saber ella–. ¿Acaso te preocupaba mucho mezclarte con una mujer con una niña?

–No en ese sentido.

–¿En qué sentido, entonces? –inquirió ella, sintiéndose como si la hubiera clavado un puñal.

–Pues no en el sentido de comprometerme, casarnos y todo eso. Si imaginaste que nos dirigíamos en esa dirección por algo que yo dije, siento mucho haberte confundido.

–Tranquilo, no ha sido así –repuso ella, furiosa consigo misma por tomarse tan a pecho sus palabras. Estaba claro, que para él, su relación solo había sido una distracción. Ella, sin embargo, se había enamorado como una tonta–. Yo estoy bien. Eres tú quien me preocupa.

–¿Yo? –repitió él con tono burlón–. No pierdas el sueño por mí, pequeña ingenua. Te aseguro que yo estoy muy bien.

–No, no lo estás. O tal vez, pero tu actitud ante la vida te hará perderte muchas cosas.

–Si mi punto de vista no coincide con el tuyo, lo único que puedo decirte es que no lo hago pensando solo en mí. Pienso en la familia de la que me haría responsable. Daisy es mi sobrina –señaló él con voz fría–. Nada cambiaré eso. Y, como su tío, la apoyaré y me ocuparé de que no le falte nada... si me dejas hacerlo. Pero no representaré el papel de padre y espero sinceramente no haberte dado ninguna razón para creer lo contrario.

–¡Nada de eso! –exclamó ella, furiosa y ofendida–. ¡Ya te he dicho que no tengo intención de tener pareja!

–Bien. Pues sigamos así. Nunca intentaré ocupar el puesto de Niall ni imaginar que podría darle a Daisy la comprensión y estabilidad emocional que solo un padre puede dar.

Sus palabras le sonaron a Sienna como una burla cruel del destino y tuvo que contenerse para no contarle a Conan lo poco estable emocionalmente que había sido su hermano.

–Si sigues queriendo compadecerme, olvídalo. Te aseguro que, después de lo que he vivido, solo estoy siendo práctico.

–Eso no es ser práctico, Conan –protestó ella–. Es ser cobarde.

–Llámalo como quieras. Se acabó la discusión –indicó él con dureza.

Su frialdad y la forma en que cerró la puerta de un portazo le dolieron a Sienna más que la primera vez que Niall la había golpeado.

Capítulo 10

CONAN salió de casa con las maletas de Sienna y Daisy. La mañana era soleada y el mar parecía más azul que nunca.

El maletero del Mercedes estaba abierto, pues el chófer había estado guardando su propio equipaje hacía unos minutos. Y allí estaba Sienna, dejando su chaqueta en el asiento trasero.

Conan sabía que la había herido cuando le había dejado claras sus intenciones, incluso cuando ella había asegurado no querer comprometerse tampoco. No sabía si era un farol o si había sido sincera. Lo único que él había querido había sido evitar que pensara que iban a jugar a las familias felices. Sin embargo, no podía evitar sentirse como un imbécil. Un sentimiento que solo había empeorado cuando ella se había negado a aceptar el dinero que había prometido darle para compensarla por lo que había perdido por no trabajar durante el verano. Asimismo, había rechazado con firmeza su oferta de comprarle un coche nuevo.

Daisy todavía estaba dentro, despidiéndose de Claudette y de los empleados. Así que Conan aceleró el paso, pues quería aprovechar ese momento para poder hablar con Sienna a solas.

El vestido amarillo veraniego que llevaba, sencillo y sin pretensiones, la favorecía tanto como cualquiera de los caros atuendos de diseño que había llevado en el pasado, obviamente para complacer a su hermano.

Ella estaba de espaldas, apoyada en el coche, y no lo había oído llegar.

En silencio, Conan contempló la elegancia de su cuello y el pequeño tatuaje que pintaba su piel de seda.

A él nunca le habían gustado los tatuajes, pero esa mariposa era perfecta para Sienna y no hacía más que resaltar la suavidad de su portadora.

Disgustado consigo mismo por detenerse en esos pensamientos, meneó la cabeza y habló sin preámbulos.

—Me has estado evitando.

—No —negó ella, después de volverse sobresaltada.

Pero él sabía que no era cierto. El día anterior, Sienna había hecho todo lo posible por estar ocupada durante la tarde y, por la noche, se había retirado pronto a dormir con la excusa de tener dolor de cabeza. Y, luego, cuando había ido a verla a su cuarto, estaba seguro de que ella solo había fingido estar dormida.

—Lo siento mucho si lo que hablamos ayer te disgustó —dijo él, colocando las maletas en el maletero.

Magnífico con un traje impecable, vestido para acudir a una reunión de trabajo en Londres, parecía cualquier cosa menos penitente, pensó ella.

—No me ha disgustado —mintió ella con una sonrisa forzada. ¿Cómo era posible que él la dejara sin respiración aun cuando sabía que lo suyo no tenía ningún futuro? Aunque no había albergado esperanzas de lo contrario, oírselo decir el día anterior la había herido en lo más hondo—. No soy tan delicada como para venirme abajo solo porque me digan la verdad –aseguró y tomó aliento–. ¿Y ahora qué pasa?

–Dímelo tú. Si tú quieres, no hay razón para que no sigamos como hasta ahora.

Todavía podían continuar teniendo sexo juntos, siempre que ella fuera consciente de que sus encuentros no significaban nada más para él.

–¿Seguir...? –balbuceó ella con el corazón encogido.

–No veo por qué no. Pero eres tú quien decide.

Porque él podía dejar de verla sin inmutarse, contemplándola como otro ameno interludio en su historial, reflexionó Sienna. Sin embargo, ella...

No podía hacer más que sonreír y callar cuando él se saliera de su vida.

Aunque eso no sucedería nunca del todo, caviló. Daisy los unía y, sin duda, él querría seguir en contacto con su sobrina.

–¿Y si decido que no quiero? –preguntó ella, apartando la mirada para no delatar sus emociones.

–Sería una pena –contestó él–. Nos llevamos muy bien.

–En la cama, quieres decir.

Conan no respondió. ¿Cómo iba a hacerlo? Sería como admitir que su relación no era mucho más que una simple cópula animal.

–Como te he dicho, es tu decisión. Pero no creo que estés lista para que nos separemos todavía, Sienna. Ni yo tampoco. Sabes que me vuelves loco de deseo y salta a la vista que a ti te pasa lo mismo.

–Puede que sea débil –admitió ella en un murmullo–. Pero no una imbécil total.

¡En realidad, sí lo era!, se reprendió a sí misma. Si

se hubiera atenido a razones, en vez de dejarse llevar por el corazón desde el principio, no se encontraría en el lío en que estaba.

–No pienses en romper, Sienna. Ahora mismo te necesito como no he necesitado a nadie –confesó él, sorprendido consigo mismo por haber hecho tal admisión delante de una mujer. Encima, no era una mujer cualquiera, sino la misma a la que había querido dar una lección como castigo por cómo había tratado a su hermano–. Ahora mismo, estamos bien juntos –añadió, sin poder ocultar cierto tono de desesperación–. Si quieres que te lo demuestre...

–¡No! –exclamó ella, levantando las manos para impedir que se acercara más. Sabía que el deseo que sentía era mutuo, pero no podía dejar que ningún hombre la utilizara ni la lastimara nunca más. Tenía que pensar en Daisy–. Esto no es buena idea. Hemos tenido una aventura. Lo hemos pasado bien. Dejémoslo así –propuso, logrando fingir total desapego.

–¿Una aventura? ¿Es así como lo llamas?

–¿Qué otra palabra puede dársele? –murmuró ella, sin delatar la angustia que sentía en el pecho.

Conan apretó la mandíbula y, justo cuando iba a decir algo, los interrumpió el sonido de una risa infantil

Los dos se volvieron hacia la niña, que salía de la casa junto a su abuela. Corrió hacia Conan y le enseñó su hipopótamo.

–Le he dicho que nos vamos a casa, pero dice que quiere quedarse aquí contigo.

–No, Daisy –dijo su madre. El gesto inocente de la pequeña le había llegado al corazón–. El tío Conan tiene que viajar a Inglaterra, así que el hipopótamo se sentiría solo de todos modos.

–¡No! –insistió Daisy–. Dice que quiere quedarse aquí hasta que el tío vuelva.

–He dicho que no, Daisy...

La niña empezó a hacer pucheros y se soltó de la mano de su madre.

–Permite que lo deje, si es lo que quiere –indicó Conan, interviniendo con impaciencia en el pequeño altercado entre madre e hija.

Después de que se hubieron despedido de Avril, ya en la carretera, Conan se mostró callado y distante. ¿Sería porque se había negado a continuar con una aventura que no iba a ninguna parte?, se preguntó Sienna.

Durante dos semanas, Sienna se volcó en sus clases para sacarse a Conan de la cabeza. Hasta que, de pronto, él se presentó para verla.

Fue un jueves, su día libre, justo cuando había dejado a Daisy en el colegio. Después de haberse duchado y haberse puesto el albornoz, Sienna se dirigió a la puerta y lo encontró allí.

–¡Conan!

Impecable como siempre, con un traje hecho a medida, la hizo sentir de inmediato en desventaja con el pelo todavía mojado y despeinado y totalmente desnuda bajo la bata.

–Hola, Sienna –saludó él, mientras el perro no dejaba de ladrar–. ¿Puedo entrar?

Cuando se hizo a un lado para dejarlo pasar, Sienna recordó su primera visita. Aunque, en esa ocasión, él se agachó para acariciar a Sombra. Otra diferencia respecto a aquel primer día era que, en el presente, él conocía cada centímetro de su cuerpo. Sabía exactamente qué botones pulsar para que el cuerpo de ella respondiera con sensual abandono a su irresistible masculinidad. Justo como estaba haciendo en ese momento... ¡sin necesidad de provocación!

–¿Cómo está Daisy?

–Está bien –contestó ella, tratando de calmarse para no delatar cómo su parte más íntima se humedecía solo de imaginar tenerlo dentro...–. ¿A qué debo esta visita inesperada?

Conan arqueó una ceja, como si se hubiera percatado del temblor de su voz. Dejó que ella lo precediera para ir al salón.

–Quería informarte de que Avril se encuentra lo bastante bien como para volver a Londres y que regresará a su piso nuevo dentro de un par de semanas –señaló él.

Sienna recordó que, en Francia, Avril le había contado que su hijo acababa de comprarle un piso cerca de donde ellas vivían, para que le resultara fácil ver a Daisy.

–Podías haber llamado –dijo ella, cortante. Por alguna razón, el pánico la invadía sin remedio.

–Es verdad –replicó él, observándola con atención. Bajó la vista a sus pechos, que subían y bajaban a toda prisa por su respiración acelerada–. Te he echado de menos, Sienna.

Sintiendo que le temblaban las rodillas ante el sonido aterciopelado de su voz, Sienna se negó a confesarle que no había podido dejar de pensar en él. Ni que se despertaba en medio de la noche ardiente de deseo después de haber soñado con él.

–¡No te acerques! –gritó ella, dando un paso atrás. Pero Conan la había sujetado de la muñeca.

–Sienna...

–Lo nuestro ha terminado.

–No.

Su determinación ahogó las protestas de Sienna, cuando con la otra mano le tiró con suavidad del cinturón de la bata.

La bata quedó abierta, dejándola expuesta y vulnerable.

Sus pezones erectos delataban su excitación. Conan gimió de satisfacción al comprobarlo.

–Todavía me deseas, Sienna. Tanto como yo a ti.

Cuando Conan posó la mano en uno de sus pechos, ella arqueó la espalda involuntariamente hacia él. Y, cuando sus bocas se acercaron, no fue capaz de contenerse.

Sin pensar, Sienna lo rodeó con sus brazos con el pulso acelerado y caliente, rindiéndose al dueño de sus más íntimos deseos.

–No puedes dejarlo. Igual que yo tampoco puedo –continuó él, sin aliento, separando sus bocas unos milímetros nada más–. ¿Por qué pensaste que sí podías?

Su voz sonaba ronca y sensual, mientras la recorría el cuerpo con ansiedad con manos y boca. Ella lo necesitaba con la misma desesperación. Con urgencia, le sacó la camisa de la cintura del pantalón y deslizó las manos debajo para poder tocarle la piel. Él la levantó en sus brazos, con las piernas de ella a su alrededor, y la llevó a la mesa.

Hicieron el amor en el viejo escritorio de madera, entre colada por planchar, facturas pendientes y una caja de juguetes. Fue un encuentro rápido y ardiente, como si ambos murieran por unir sus cuerpos en un clímax tan inmediato y tan intenso que Sienna gritó de placer, rindiéndose a los espasmos que recorrían el cuerpo de Conan.

—Has venido preparado —observó ella, cuando, poco después, recuperaron la respiración. Incluso en el torbellino incontrolable del deseo, él se había tomado la molestia de utilizar un preservativo.

—Cerca de ti, siempre tengo que estar preparado —contestó él con una sonrisa.

Por supuesto, no quería dejarla embarazada, caviló Sienna., ni encontrarse de lleno atado a una familia con la que no quería estar. Porque, si la dejaba embarazada, lo más probable era que quisiera actuar como un hombre de honor casándose con ella. Aunque ella no se lo permitiría. De ninguna manera se casaría con un hombre que no estuviera dispuesto a ser un padre para Daisy. Igual que no se casaría si la única razón fuera un embarazo no planeado.

—Conan... —comenzó a decir ella, frunciendo el ceño. Quería explicarle que había sido un error. Que no había querido hacer el amor con él y que su decisión de no volver a tener relaciones era la correcta.

Pero, en ese momento, se estremeció cuando Conan la rozó sin querer en la cara interna del muslo mientras se quitaba el preservativo. Él se dio cuenta y la acarició el centro de su feminidad hasta hacer que se retorciera y llegara al orgasmo de nuevo. Sin duda, había intuido lo que ella había ido a decirle.

—Es mejor que te vistas —sugirió él, posando un beso en su frente.

Sienna se dio cuenta, entonces, de que ella estaba desnuda, mientras él solo se había bajado la cremallera del pantalón.

–Así eres demasiado tentadora.

¿Demasiado tentadora para hacer qué? ¿Para hacerle el amor una y otra vez y, así, lograr que ella capitulara? ¿Para hacerla olvidar que lo único que significaba para él era eso, sexo satisfactorio y nada más?, se dijo ella. Con brusquedad, se apartó y se abrochó el cinturón de la bata.

–¡Y tú eres demasiado arrogante como para aceptar un no por respuesta! –le espetó ella, herida y avergonzada por haber sido incapaz de resistirse al deseo.

–Creí que lo que acababa de pasar entre los dos había sido mutuo –replicó él en voz baja, sin poder ocultar su rabia–. Estás tan enganchada como yo, Sienna. Así que no me culpes a mí. Has hecho el amor conmigo porque tú querías. ¡Porque no puedes evitarlo! Si crees que estoy orgulloso de mí mismo por habernos metido en esta situación, ¡te aseguro que no es así!

Sienna se quedó callada, avergonzada de haberlo provocado. Deseó poder retirar sus palabras, cuando él pasó delante de ella y se metió en el pequeño aseo que había junto a la cocina. Entendía que estuviera enfadado.

En realidad, no era justo acusarlo de no respetar la decisión que ella había tomado en Francia. Sobre todo, Sienna estaba furiosa consigo misma por haber caído rendida a sus pies en cuanto lo había visto. Con su acusación, lo había catalogado como la clase de hombre que forzaba a una mujer. Como había hecho su padrastro. Y como había hecho Niall con ella.

Un escalofrío la recorrió al recordarlo. El pasado era pasado. Aunque, a veces, le parecía revivirlo con la misma fuerza que aquellas veces...

Conan acababa de salir del baño y tenía en la mano

el picaporte, que había estado apenas sujeto por un alambre.

–Estaba suelto. Esta mañana compré unos tornillos para ajustarlo –dijo ella con tono de disculpa. Le resultaba extraño ver a un hombre tan elegante y sofisticado en su pequeña y humilde casa.

–Dámelos.

Sienna quiso decirle que no hacía falta que la ayudara. Pero él ya se había quitado la chaqueta para ponerse manos a la obra. Cuando regresó con los tornillos y un destornillador, lo encontró agachado, colocando el picaporte en su lugar. El sol que se colaba por la ventana pintaba de fuego su cabello moreno. Ella tuvo que contenerse para no acariciarlo.

–Ya está –dijo él, después de probar el picaporte.

Su aroma masculino la invadió cuando se puso de pie.

–Gracias –contestó ella, mirándolo mientras colocaba ordenadamente el resto de los tornillos en su caja. Haciendo un esfuerzo por contener las emociones que la asediaban, se aclaró la garganta–. Siento lo que dije antes. No quería decir...

Conan posó el dedo en los labios de ella.

–Creo que ambos hemos dicho más de la cuenta por hoy.

Sienna se lanzó a sus brazos y apoyó la cara en su pecho. Él la abrazó por la cintura y la espalda con actitud posesiva.

Así, envuelta en su calidez, ella se sentía como si fueran una unidad.

¡Lo amaba!, se repitió a sí misma, mordiéndose la lengua para no poner palabras a sus sentimientos. Sería una locura hacerlo, después de todo lo que él le había dicho en su último día en Francia. Conan estaba dispuesto a seguir como amantes, pero nunca sería padrastro de Daisy, ni de ningún otro niño, por la violencia que, en el pasado, había presenciado por parte de su padrastro.

Sufriendo por él tanto como por sí misma, Sienna quiso gritar que comprendía todo el dolor por el que había pasado. Quiso contarle que ella había experimentado la misma clase de miedo y desgracia. ¿Pero qué conseguiría con ello? Si destruía la imagen de Niall confesándole que su hermano había sido igualmente brutal con ella y Daisy, solo le causaría más daño.

Lo único que podía hacer era repetirle que pensaba seguir adelante con su decisión y que no tenía intención de volver a acostarse con él.

Sin embargo, justo cuando iba a decírselo, sonó el teléfono de Conan.

—Lo siento —se disculpó él y la soltó para responder la llamada.

Tras una breve conversación, le informó que debía irse. Lo reclamaban en el trabajo.

—Estaremos en contacto —prometió él y le dio un suave beso en los labios.

Minutos después, lo oyó alejarse en su coche y se quedó sola y frustrada por no habérselo dicho mientras había podido.

Capítulo 11

SIENNA había estado decidida a terminar con Conan después de ese día. Pero era más fácil pensarlo que hacerlo, como descubrió enseguida. La atracción física que experimentaba hacia él desafiaba todo argumento lógico. Al mismo tiempo, estaba enamorada de pies a cabeza, a pesar de que su situación no tenía esperanza.

La siguiente vez que se habían visto, Conan la había invitado a comer cuando Daisy había estado de excursión con el colegio y ella no había podido negarse. Otro día, él había llevado a la niña con su abuela y había invitado a Sienna a ver una exposición de su pintor favorito. En ambas ocasiones, habían terminado haciendo el amor cuando la había llevado a casa.

Era una estupidez esperar que él cambiara de idea y decidiera tener una relación a largo plazo con ella, se repitió, molesta consigo misma por no ser capaz de ponerle fin a la situación. Además, no eran solo sus propios sentimientos los que estaban en juego.

Daisy estaba cada vez más apegada a su tío. Todo el tiempo le preguntaba a su madre cuándo iban a verlo. Sin embargo, Conan nunca pasaba demasiado tiempo con Daisy, solo en el trayecto a casa de su abuela. De todas maneras, la niña siempre se ponía a llorar cuando él se marchaba.

Por eso, Sienna se alegró cuando, a finales de sep-
tiembre, él salió de viaje de negocios durante tres semanas. Así tendría tiempo para pensar, aunque no era
fácil enfrentarse al conflicto interno que experimentaba. Por una parte, sabía que no era bueno, ni para
ella ni para Daisy, continuar con esa relación. Por eso,
ansiaba verlo y lo echaba de menos con una desesperación casi insoportable.

En las conversaciones telefónicas con su madre,
Sienna logró mantener la discreción y no revelarle que
tenía una aventura con Conan Ryder, a pesar de que
su madre parecía haberlo adivinado y no dejaba de hacerle preguntas sobre el tema. Su amiga Jodie tampoco era fácil de distraer, cada vez que comentaba lo
interesado que parecía el apuesto Conan en ir a verla.

—Viene por la niña —aseguró Sienna, cuando su
amiga señaló que cada dos por tres tenía su BMW apar-
cado en la puerta.

—¿Incluso cuando Daisy está en el colegio?

Su relación con Conan la estaba convirtiendo en
una mentirosa, reconoció Sienna para sus adentros,
molesta consigo misma. ¡No solo con su amiga Jodie,
sino con su propia hija! Porque por todos los medios
trataba de impedir que Daisy supiera que se acostaba
con su tío. Conan no tenía problemas en mantener la
farsa pues, tal vez, quería asegurarse de que la pequeña no lo viera como un padre potencial, caviló.

¡Estaba siendo una idiota! ¡Aquello debía llegar a su
fin!, se reprendió a sí misma. Aun así, al día siguiente,
el corazón se le aceleró de emoción cuando Conan fue
a verla nada más regresar de su viaje.

Daisy no había ido a clase ese día, pues el colegio
había tenido que cerrar para hacer unas reparaciones

de emergencia. Si a Conan le contrarió ver allí a su sobrina, no lo dejó traslucir.

–Os llevaré a las dos a dar una vuelta.

Sienna aceptó con reticencia, preguntándose si Conan estaría cómodo en el parque zoológico donde las había llevado, cuando lo único que había pretendido esa mañana había sido estar a solas con ella en la cama. Cada vez que la miraba con ojos llenos de deseo, a ella se le aceleraba el pulso. A la vez, sentía una extraña satisfacción al pensar que, al menos por una vez, él no se había salido con la suya.

Por la tarde, cuando las hubo llevado a casa, Daisy se fue al jardín a jugar con Sombra, mientras Sienna preparaba café.

Cuando Conan la rodeó de la cintura, ella contuvo la respiración.

–Me temo que tengo que irme –le susurró él, haciendo que se le endurecieran los pezones al instante. Despacio, le trazó un camino de besos en el cuello.

–¡No quiero que te vayas!

Sienna se giró de golpe al oír la protesta de Daisy y se apartó de él. Pero era demasiado tarde. La pequeña lo había visto todo.

–¡No quiero que te vayas! ¿Por qué no te puedes quedar con nosotras? ¿Por qué? –sollozó la pequeña, agarrándose a una de las piernas del hombre que parecía adorar.

–Porque tengo que ir a otra parte, Daisy –repuso Conan, poniéndose de cuclillas para hablar con ella.

–No, no es verdad –repuso la niña, gimoteando, y le rodeó el cuello con sus bracitos.

–Sí, es verdad –insistió él y, tras un leve titubeo, rodeó a Daisy con sus brazos.

La escena le desgarraba el corazón a Sienna, tanto que tuvo que darse la vuelta para ocultar sus emociones.

–¿Y por qué no podemos irnos a vivir contigo?

Cuando Sienna se volvió, la mirada de él la penetró con algo tan intenso que la hizo estremecer. ¿Qué era? ¿Desesperación? ¿Impotencia?

–Ve a llevarle a Sombra su comida –ordenó Sienna a su hija, tendiéndole el plato del perro.

Pero la pequeña no se movió.

–Haz lo que te dice tu madre y hablaremos de ello, Daisy –dijo él con suavidad y un tinte de promesa en la voz.

Tras un instante de titubeo, Daisy obedeció.

–¿Qué diablos intentas hacer? –le espetó Sienna en cuanto se hubieron quedado a solas en la cocina.

–¿Qué quieres decir?

–¿Por qué le das esperanzas? ¡Aunque tenga cuatro años, no es tonta! Nos ha visto, Conan. ¡Y ahora cree que vamos a ser una familia feliz!

–Entonces, vas a tener que explicarle que no es así.

–¿Yo voy a tener que explicarle? ¿Y qué quieres que le diga? –le increpó ella, herida en lo más hondo por su falta de tacto–. Le han quitado a su padre. ¿Cómo voy a decirle que no se apegue a otro hombre que puede irse en cualquier momento?

–¿Qué quieres decir?

–¡Que no es bueno para ella que te quiera!

–¿Cómo dices eso? ¡Soy su tío, por todos los santos!

–Por desgracia, Daisy no es lo bastante mayor como para diferenciar las cosas –repuso ella, mientras tiraba furiosa al fregadero la cuchara que había tenido en la mano.

–Ya te lo he dicho. No puedo ser un padre para ella, Sienna... Ni comprometerme a largo plazo contigo, si es lo que quieres.

–¡No! –negó ella. Por nada del mundo, pensaba reconocer que era su más hondo deseo. Pero estaba harta de fingir y de esperar con ansiedad sus preciadas llamadas. No podía soportar amarlo, sabiendo que nunca sería correspondida.

–No puedo darle lo que mi hermano le habría dado –continuó él, como si no la hubiera escuchado–. Imagina que nos casamos. Daisy es tu hija. Tendrás planes sobre cómo educarla, cómo enseñarle lo que está bien y lo que está mal. Supón que no estamos de acuerdo o que tenemos diferencias sobre lo que ella puede o no hacer. Eso solo puede provocar celos y animosidad. ¡No es la clase de familia perfecta que quiero tener!

–¿Como la tuya? –le recordó ella con amargura.

–Sí, ya que lo dices. ¡Como la mía!

–Como ya te he dicho antes, no todas las familias reconstruidas son como la tuya. A mí no me importa –mintió ella–. No tengo intención de atarme a nadie, ¡pero tienes que reconocer que no todos los padrastros se vuelven violentos contra su familia!

Por cómo a él se le tensó el rostro, Sienna supo que había tocado un punto débil.

–¿Qué sabrás tú de eso?

A Sienna se le encogió el corazón con amargura y deseó poder contarle lo que su hermano había hecho con ella. Pero sería en vano. Solo serviría para hacerle daño, se recordó a sí misma. Si había sido tan idiota como para enamorarse de él, ella era la única culpable.

Por otra parte, si los celos y las agresiones que Conan había vivido en su infancia habían esculpido a fuego su carácter, era un problema que ella no podía solucionar, por mucho que hiciera o dijera.

–Igual tengo más fe en las relaciones humanas que tú, Conan –señaló ella con el corazón en un puño y, reuniendo todo su valor, añadió–: No creo que debamos vernos más de esta manera.

–¿No lo dirás en serio?

Cuando Conan dio dos pasos hacia ella, Sienna levantó la manos para impedirle que intentara hacerle cambiar de idea. Si la tocaba, no podría mantenerse firme, pensó, entrando en pánico.

–Lo digo en serio, Conan.

–Estás cansada –observó él, esbozando un amago de sonrisa–. Los dos lo estamos –puntualizó, como si fuera la respuesta a sus problemas–. Hablaremos de esto en otra ocasión.

Entonces, la besó con suavidad en la frente y se fue antes de que ella pudiera decir nada más.

Cuando la telefoneó al día siguiente, Sienna se negó a verlo. Y lo mismo hizo cuando él siguió intentándolo durante el resto de la semana, hasta que tuvo que salir de viaje de negocios.

Cuando Sienna recibió una llamada de sus padres, invitándola a España durante las vacaciones que se avecinaban, aceptó encantada.

Al menos, así, podría mantener su promesa de romper con Conan. Si no lo hacía por ella misma, debía hacerlo por Daisy. Debía ser fuerte, por el bien de las dos.

Sin embargo, todas las buenas razones del mundo no servían para mitigar su dolor, ni lo mucho que lo echaba de menos. Apenas podía dormir por las noches, ardiente de deseo por él, y durante el día se comportaba como un autómata, tratando de aparentar que nada le sucedía.

Había algo más que la preocupaba, algo que ni siquiera se atrevía a pensar de forma consciente. Por eso, fue un alivio cuando llegó el sábado y se montó en el coche con el equipaje, Daisy y Sombra.

Su móvil sonó justo cuando había llegado al aeropuerto.

–¿Sienna? No me cuelgues. Tenemos que hablar. Necesito verte –rogó la voz profunda de Conan.

–No hay nada de que hablar –repuso ella, sin poder evitar que su cuerpo reaccionara a su voz, recordando todos los placeres que había compartido con él–. Ahora no puedo hablar, de todas maneras. Me voy de viaje. Necesito distancia para pensar.

–Sé lo que necesitas, lo que necesitamos ambos –aseguró él con firmeza–. Y no es distancia.

–Tengo que irme –repitió ella con voz quebrada–. Vamos a llegar tarde.

–¿Adónde vais?

–¡Para que lo sepas, nos vamos a España!

Detrás de ella, Daisy estaba dando saltos de excitación, pidiendo hablar con su tío.

–¡Ahora, no, Daisy! –reprendió Sienna a su hija. Tuvo que contenerse para no gritarle a Conan que las dejara en paz a las dos. Después de todo, siempre tendría un vínculo de sangre con Daisy. Era ella quien debía haberlo pensado mejor antes de haberse acostado con él.

–¿Por qué no voy al aeropuerto y hablamos allí?

–¿Para qué, Conan?

–Para ver a mi sobrina –respondió él con tono impaciente.

Claro. ¿Qué otra cosa había esperado Sienna? ¿Que le dijera que la amaba y que no podía vivir sin ella?

–Entonces, tendrás que esperar a que vuelva. Ahora, si no te importa, tenemos que tomar un avión. ¡Así que deja de interferir en mi vida!

–¿Es así como te sientes de veras?

–Sí, es como me siento –mintió ella, aunque lo que en realidad quería decirle era que lo amaba y agonizaba porque él no la correspondía.

Al otro lado de la línea, Conan guardó silencio. Si ella quería dejarlo atrás y continuar con su vida, ¿qué derecho tenía a impedírselo? Ninguno, reconoció, por mucho que le doliera imaginársela con otro hombre.

Su relación no tenía futuro y lo había sabido desde el principio. Sin embargo, no había podido evitar acostarse con la madre de su sobrina. La había deseado demasiado. En adelante, sus caminos no volverían a cruzarse. Cuando quisiera ver a Daisy, enviaría a su chófer a recogerla. Así no tendrían que volver a verse.

–Adiós, entonces, Sienna –dijo él con voz vacía de emoción y colgó.

Sienna se quedó conmocionada. Deseó que él volviera a llamar. Quiso decirle que no había hablado en serio. Pero era mejor así. Era mejor que ambos retomaran sus vidas.

Aun así, una dolorosa sensación de pérdida comenzó a sofocarla. Apenas podía respirar.

–Mami, quiero ir al baño –dijo la vocecita de Daisy detrás de ella.

Aquella pequeña demanda mundana la ayudó a centrarse de nuevo en sus responsabilidades. Pero, al salir del baño, se acordó de que había dejado el bolso en el coche ¡y las llaves puestas en el contacto!

Cuando volvió al aparcamiento, le dijo a Daisy que no se moviera mientras sacaba al perro y cerraba el coche. Sombra emergió como un tornado del vehículo, saltó por encima de ella y salió corriendo. Justo cuando iba a ir tras él, Sienna se giró hacia donde había dejado a su hija y se topó con la peor pesadilla para una madre.

–¡Daisy!

La pequeña había salido corriendo detrás del perro, sin percatarse de que un coche acababa de entrar en el aparcamiento a bastante velocidad.

El conductor frenó, el todoterreno patinó sobre el pavimento mojado y, en un abrir y cerrar de ojos, la niña desapareció bajo sus ruedas.

Capítulo 12

CONAN se sentía como si llevara días en el hospital, cuando solo habían pasado unas horas.

Cuando Sienna lo había llamado, histérica, al principio, le había costado entenderla. Luego, un miedo desconocido se había apoderado de él, inmovilizándolo.

Él, que había fundado un imperio comercial de la nada, había quedado sumido en el caos. Y, por primera vez en su vida, se había puesto a rezar como un poseso.

Torturado por todas las oportunidades que había perdido de mostrarle a la pequeña su afecto, había clamado al Cielo, pidiendo que Daisy saliera ilesa.

Por suerte, Conan había sabido después que el todoterreno no la había atropellado. Daisy se había resbalado y se había golpeado la cabeza con el bordillo. Había recuperado la consciencia poco después de llegar al hospital y, tras haberse sometido a unas pruebas que no habían revelado nada grave, dormía en su habitación.

–Estará bien –susurró ella, mirándolo desde el otro lado de la cama con ojos húmedos y exhaustos.

Él asintió y volvió la cara para ocultar las lágrimas que amenazaban con desbordársele de los ojos. Tenía el pelo revuelto, la camisa arrugada, una sombra de barba en la mandíbula y parecía haber envejecido cinco años de la preocupación.

—La enfermera que habló conmigo pensó que Daisy era mi hija.

—Espero que la sacaras de su error —repuso Sienna con una mueca de ironía, haciendo un esfuerzo por ocultar la angustia que todavía la atenazaba por lo que había pasado con él antes del accidente de Daisy.

Horas antes, había llamado a sus padres para contarles lo que le había pasado. Locos de preocupación, habían insistido en volar de inmediato a Inglaterra para ver a su nieta y Conan había preparado uno de sus jets privados para tal propósito. También les había reservado habitación en el mejor hotel cerca del hospital y había puesto un coche con chófer a su disposición. De la misma manera, se había ocupado de que alguien recogiera el coche de Sienna del aparcamiento del aeropuerto y se hiciera cargo de Sombra.

—¡Conan ha sido tan amable! ¡Y lo ha pagado todo de su bolsillo! —había exclamado la madre de Sienna—. Eso confirma mi teoría de que está interesado en ti, hija.

Sienna había respondido con una sonrisa fingida y había vuelto la cara para no delatar el dolor que la atravesaba.

Daisy recibió el alta al día siguiente por la tarde.

Conan se había ido hacía una hora a atender un asunto urgente en su oficina. Sin duda, habría sido un alivio para él saber que su sobrina estaba bien y que podía marcharse, caviló Sienna.

Faith y Barry Swann acababan de salir de la habitación con Daisy y ella se había quedado para recoger la ropa y asegurarse de que no se olvidaban nada.

De camino al vestíbulo, se dijo que iba a tener que ser más fuerte que nunca, sobre todo, después de las pruebas que se había hecho hacía dos días.

Cuando, en vez de a sus padres, vio que Conan era quien la esperaba en el recibidor del hospital, tan guapo y tan alto como siempre, sintió que le temblaban las rodillas.

–¡Conan!

Su angustiada mirada color zafiro se entrelazó con los ojos verdes de él con tal intensidad que ambos quedaron sin habla durante unos instantes.

–Ya me han dicho que la pequeña está en plena forma –informó él–. ¿Y cómo estás tú?

–Bien –murmuró ella, todavía en estado de shock por haber estado a punto de perder a su hija.

–No lo pareces.

–Ni tú.

Conan se había afeitado y se había cambiado de ropa, aunque todavía tenía unas hondas ojeras y el rostro tenso.

–Estaré bien –aseguró ella.

Él agarró la bolsa de la ropa e hizo una seña para que lo precediera por la puerta.

Sienna no discutió. Estaba demasiado ocupada tratando de mantener a raya los recuerdos de su cuerpo desnudo, la forma en que la había hecho el amor en el yate, en la mesa, en la cama.

–¿Dónde están mis padres? –preguntó ella al no verlos en el aparcamiento tampoco.

–Se han ido ya con Daisy. Les aseguré que yo me ocuparía de ti.

–¿Por qué?

Pero Conan no respondió, le abrió la puerta de su BMW, la ayudó a entrar y se puso al volante en completo silencio. Tal vez no tenía ganas de hablar, después de todo lo que había pasado, se dijo ella.

–¿Adónde vamos? –inquirió Sienna, al ver que dejaban atrás el desvío para ir a su casa.

–Tenemos que hablar.

–¿De qué? –quiso saber ella, nerviosa.

–No terminamos muy amigablemente en nuestra conversación de ayer. Y lo que pasó después... No puedo evitar sentir que yo tuve la culpa de alguna manera.

Si se refería a que Sienna no había tenido la cabeza en su sitio después de haber hablado con él, sí, tal vez tenía algo de responsabilidad en lo que había pasado.

–No fue culpa tuya –negó ella, sin querer profundizar más en el tema.

–No suelo terminar mis relaciones por teléfono.

–¿Qué más da la manera? –le espetó ella. De todas formas, le habría resultado doloroso–. Tenías razón. Lo nuestro no iba a ninguna parte.

–Sin embargo... Después de todo lo que hemos compartido, no tenía derecho a tratarte así. Debía haber encontrado una forma más amistosa de terminar.

¿Amistosa?, se preguntó ella. ¿Cómo podía decirle amistosamente a alguien que lo amaba con desesperación que no significaba nada para él?

Los dos se quedaron en silencio, mientras poco a poco, el paisaje de la ciudad quedaba atrás y el coche se adentraban en verdes campos salpicados de huertos y ganado.

–¿Salimos a tomar algo de aire fresco? –propuso

él, después de detener el coche al borde de una carretera comarcal.

Sienna asintió y, antes de que pudiera darse cuenta, él estaba a su lado del coche, ayudándola a salir. El contacto de su mano fue eléctrico, como siempre.

A sus pies, un arroyo corría entre los árboles que se mecían con el viento. La había llevado a aquel entorno idílico para terminar con ella para siempre, adivinó Sienna con el corazón en un puño. Cuanto antes, mejor, se dijo.

–No hace falta que añadamos nada más a lo que hablamos ayer por teléfono –indicó ella, deseando zanjar el tema antes de que sus emociones la delataran y rompiera a llorar–. Dejémoslo así. Puedes enviar a alguien a que recoja a Daisy cuando quieras. Así no tendremos que seguir viéndonos –afirmó, estremeciéndose–. Ahora quiero ir con Daisy –indicó, mientras se acercaba al coche de nuevo–. Debe estar preguntando por mí.

–Sienna...

Su tono de angustia la tomó desprevenida. Al darse la vuelta, le sorprendió también ver una honda emoción dibujada en los ojos de Conan.

Estaba tan preciosa con ese suéter color crema y sus vaqueros que él deseó tomarla entre sus brazos y comérsela a besos. Pero, tal vez, no fuera buena idea, se dijo. Igual ella había dicho la verdad cuando había asegurado que no quería nada serio con él.

–Ven conmigo un momento, por favor. Aunque sea solo por última vez –rogó Conan tendiéndole la mano.

La extraña angustia que Sienna percibió en él la impulsó a darle gusto. Tomó su mano y comenzaron a pasear juntos, sin decir nada.

–Gracias por haberte portado tan bien con mis padres –dijo ella, ansiosa por romper el tenso silencio.

–Era lo menos que podía hacer. Además, me ha dado la oportunidad de conocerlos un poco mejor. Son los dos muy agradables. Son trabajadores, buenas personas. Y son honestos. Más de lo que tú lo has sido con ellos, ¿verdad, Sienna? –la interpeló él–. O conmigo.

–¿Qué quieres decir? –preguntó ella, lanzándole una mirada nerviosa.

–Quiero decir que me engañaste al hacerme creer que Tim Leicester no era más que un hermano para ti. Pero eso no es lo que tu madre, con total inocencia, me ha dado a entender.

Sobresaltada, Sienna soltó su mano y dio un paso atrás.

–Esa semana que mi hermano se fue... Tu madre me ha contado esta mañana que lo había preparado todo para ir a visitaros desde España. Pero tú le dijiste que tenías que ir con Niall a Copenhague y que no estarías. Pero mi hermano me había dicho que no pensaba ir contigo a ese viaje, porque era una reunión de viejos amigos, sin esposas.

–¿Qué insinúas? –inquirió ella, llena de tensión.

–No me costó mucho sumar dos y dos. ¿Amabas tanto a Tim que no querías perder la oportunidad de estar con él, aunque para eso tuvieras que mentir a tu propia madre? –la espetó, preso de una terrible desazón–. ¿Sigues enamorado de él, Sienna?

–¡No!

–Entonces, ¿por que nos mentiste?

Desolada, Sienna guardó silencio, incapaz de contarle la verdad.

–Lo siento. No tenía derecho a preguntarlo –dijo Conan. En realidad, ella no le debía nada. Sin embargo, por alguna razón, le desgarraba imaginar que ella hubiera amado tanto a otro hombre como para poner en peligro su matrimonio por él–. Volvamos al coche.

Ella lo siguió, atenazada por ver su gesto de derrota. A sus ojos, era una adúltera, como la había acusado hacía años. Y se alejaría de su vida pensando lo peor de ella. ¡Tenía que impedirlo!, se dijo a sí misma.

–Mentí porque, a pesar de lo que crees, Tim nunca iba a verme desnuda. Pero, si mi madre venía a visitarme, podía verme sin ropa en algún momento.

Conan se detuvo en seco y la miró. Nunca la había visto tan pálida y, al mismo tiempo, tan hermosa. Era una mujer valiente y orgullosa.

Entonces, cuando dirigió sus palabras, sintió como si hubiera recibido un cañonazo en el pecho. Recordó cómo la había encontrado esa mañana en casa de Tim, vestida toda de negro con un suéter de cuello vuelto, manga larga y pantalones largos, a pesar del calor que hacía. Y recordó a su propia madre, cuando había ocultado los moretones con ropas similares y había tenido la misma mirada vacía que Sienna esa terrible mañana...

–Niall... ¿te golpeaba? –preguntó él con una mueca de horror–. Oh, mi amor... –murmuró y la tomó entre sus brazos como si quisiera protegerla de todo mal–. ¿Por qué no me lo dijiste? ¿Por qué no dijiste nada? ¿Por qué?

–No podía –confesó ella, poseída por un extraño alivio–. Me rogó que no se lo contara a nadie. Sobre todo, no quería que tú lo supieras. Y yo no quería que tuvieras que enfrentarte a algo tan doloroso sobre tu propio hermano.

–¿Querías protegerme a mí? –inquirió él, acariciándole el rostro–. Lo habría matado, es verdad –reconoció, sin dejar de abrazarla–. ¿Durante cuánto tiempo sucedió?

–No estoy segura. Desde que nació Daisy. Niall no quería compartirme con nadie. La última vez, empezó a gritar a la niña cuando ella pedía mi atención y, cuando yo intenté defenderla...

No hacía falta que dijera más. Conan se estremeció al pensar que Sienna y la pequeña Daisy habían pasado por lo mismo que él. En silencio, se reprochó a sí mismo haber sido tan duro con ella, haberla condenado durante todos esos años.

–Cuando, al día siguiente, mi madre me dijo que venían a vernos, entré en pánico –continuó Sienna, refugiándose en la calidez de su pecho–. No quería que mi padre y ella se enteraran. No quería disgustarlos. Además, cuando pasó lo del accidente... Quería que Daisy creciera pensando lo mejor de su padre. ¿No lo entiendes?

Conan asintió, contemplándola con desolación.

–¿Podrás perdonarme algún día?

–¿Por qué? –replicó ella, como si hubiera perdonado de antemano sus viejas acusaciones.

–Por no haberme dado cuenta de que estaba enamorado de ti –admitió él–. No querría reconocer mis propios sentimientos porque no quería ser como mi padrastro con Daisy. Por eso, intentaba mantener las distancias con mi sobrina. Y contigo. Pero tú tenías razón. Tenía miedo. Ayer, cuando creí que podía perderla, me di cuenta de lo mucho que la quería y de lo idiota que había sido. Quiero cuidar de ella, Sienna. Quiero cuidar de las dos –aseguró–. Incluso a ese maldito perro vuestro. Te quiero, Sienna. ¿Te quieres casar conmigo? –preguntó y mirándola a los ojos, frunció el ceño–. ¿Qué te pasa?

–No somos dos. Vamos a ser tres. Estoy embarazada –confesó ella, observándolo con ansiedad–. No sé cómo ha sucedido, porque siempre has usado protección. Pero vas a ser padre. ¿Crees que podrás?

Conmocionado, Conan sonrió.

–Contigo y con Daisy a mi lado, me siento capaz de todo –aseguró él con la cara iluminada, colocando la mano sobre el vientre de su amada.

–¿Estás seguro?

–Nunca he estado más seguro –repuso él con una radiante sonrisa–. Te amo, Sienna. Me avergüenza confesar que me enamoré de ti desde el día que te vi con Niall ante el altar. Y la noche que bailé contigo... Nunca he deseado a nadie tanto como te deseé esa noche.

–¿Por eso no pronunciaste palabra durante el baile? –preguntó ella con una traviesa sonrisa.

–Tal vez –admitió él, sonriendo tan bien–. ¿Y tú, Sienna? ¿Cómo te sentías?

–Asustada. Excitada. Confundida –confesó ella–. Pero, sobre todo, me sentía segura contigo –añadió, pensando en aquel hombre honrado y noble que tenía delante, tierno y poderoso al mismo tiempo.

–Oh, mi amor... –repitió él, capturando sus labios con un beso apasionado. Entonces, volvió a mirarla con cierta inquietud–. ¿Es eso un sí?

–¿Tú qué crees? –replicó ella, juguetona, colocándose un mechón de pelo detrás de la oreja. Sin embargo, al ver que él seguía frunciendo el ceño, se apresuró a aclarárselo–. Te amo, Conan.

Envuelta entre sus brazos, Sienna supo con certeza que no necesitaba preocuparse por nada. Aquel hombre era suyo. Por toda la eternidad.

Se quedaron allí parados hasta que las sombras comenzaron a alargarse sobre el río y el viento empezó a refrescar.

–Vamos a casa –murmuró él.

–Contigo, siempre estaré en casa –susurró ella, apretándolo contra su corazón. A partir de ese momento, su hogar sería donde él estuviera.

Bianca

Se dio cuenta de que seducirla era la diversión perfecta y quería que se convirtiera en su última conquista

La prensa le había dado muy mala fama a Leo Valente, y no sin razón, pero Dara Devlin era una mujer luchadora y no se iba a dejar desanimar tan fácilmente. Necesitaba el castillo familiar que pertenecía a Leo para organizar la boda de una importante clienta, así que, a cambio, había tenido que aceptar ser su novia por una noche.

Si Dara había pensado que su sensatez y su profesionalidad iban a disuadirlo, estaba muy equivocada. ¡Solo habían hecho que Leo la desease todavía más!

RECUERDOS EN EL OLVIDO

AMANDA CINELLI

Acepte 2 de nuestras mejores novelas de amor GRATIS

¡Y reciba un regalo sorpresa!

Oferta especial de tiempo limitado

Rellene el cupón y envíelo a
Harlequin Reader Service®
3010 Walden Ave.
P.O. Box 1867
Buffalo, N.Y. 14240-1867

¡Si! Por favor, envíenme 2 novelas de amor de Harlequin (1 Bianca® y 1 Deseo®) gratis, más el regalo sorpresa. Luego remítanme 4 novelas nuevas todos los meses, las cuales recibiré mucho antes de que aparezcan en librerías, y factúrenme al bajo precio de $3,24 cada una, más $0,25 por envío e impuesto de ventas, si corresponde*. Este es el precio total, y es un ahorro de casi el 20% sobre el precio de portada. !Una oferta excelente! Entiendo que el hecho de aceptar estos libros y el regalo no me obliga en forma alguna a la compra de libros adicionales. Y también que puedo devolver cualquier envío y cancelar en cualquier momento. Aún si decido no comprar ningún otro libro de Harlequin, los 2 libros gratis y el regalo sorpresa son míos para siempre.

416 LBN DU7N

Nombre y apellido	(Por favor, letra de molde)

Dirección	Apartamento No.

Ciudad	Estado	Zona postal

Esta oferta se limita a un pedido por hogar y no está disponible para los subscriptores actuales de Deseo® y Bianca®.
*Los términos y precios quedan sujetos a cambios sin aviso previo.
Impuestos de ventas aplican en N.Y.

Deseo

ILUSIÓN ROTA

BARBARA DUNLOP

En la encarnizada lucha de poder por el testamento de su padre, Angelica Lassiter había salido finalmente victoriosa y de nuevo estaba al mando de la empresa familiar. Pero el enfrentamiento había destrozado la relación con su novio. Sin embargo, iban a tener que fingir que seguían siendo una pareja enamorada para que sus mejores amigos tuvieran la boda de sus sueños.

Evan McCain aceptó encantado su papel en la fingida reconciliación, pues la pasión ardía aún entre ellos.

¿Podrían darse una segunda oportunidad como pareja?

¡YA EN TU PUNTO DE VENTA!

Bianca

La verdad tras el escándalo…

Santiago Silva se quedó horrorizado al descubrir que su hermanastro se interesaba por Lucy Fitzgerald, que tenía fama de mujer fatal y que, además, creía que la fortuna de la familia Silva era un objetivo fácil.

Furioso, Santiago decidió intervenir para demostrarle que estaba equivocada. Muy acostumbrado a resistirse al peligro de una mujer atractiva, quedó impresionado por la ingenuidad de Lucy y decidió que el lugar más seguro para una mujer tan bella era que estuviera a su lado. Puesto que no le iba a romper el corazón, él era el único hombre que podía poseerla sin perder la cabeza…

ATRACCIÓN DEVASTADORA
KIM LAWRENCE